KB009647

당근케이크

송월화
손수천
이수진
홍순창
김보현
유명은
이경희

**삶의 달콤함을 만드는
나만의 방식들**

부실

당근케이크

나에게 선사하는 한 조각의 위로

목차

달콤쌉쌀한 나의 약들 _ 송월화

마스터피스 오브 케이크 _ 손수천

물구나무 _ 이수진

길 위의 당근케이크 _ 홍순창

마음 방구 _ 김보현

무엇에든 감사 _ 유명은

내 안의 빨강 _ 이경희

달콤쌉쌀한 나의 약들

송월화

비 오는 날과 따뜻한 커피를 좋아하는 내분비내과 의사.

금번 원고 제안을 받았을 때 단번에 참여하겠다고 대답했다. 기존의 내 글들은 수련의 시절 일기, 갑상선 암 투병기 등 다소 어두운 주제가 많았다. 하지만 이번 책은 내 인생에 힘을 주는, 달콤하고 행복한 것들에 대한 이야기라고 하니, 드디어 나도 밝고 즐거운 이야기를 써볼 수 있겠다 싶었다. 또 여러 작가가 함께 글을 쓴다고 하여서, 망해도 내 탓 아니고 잘돼도 내 덕 아니다 싶어 마음이 가벼워졌다. 좋아하는 커피에 대해서 써볼까, 즐겨보는 TV 프로그램에 대해서 써볼까, 딸아이가 가장 예쁜 순간에 대해 써볼까 고민을 시작했다. 그런데 어쩐지 허전한 느낌이 들었다. 이런 이야기들은 꼭 글이 아니라도 할 수 있지 않나.

나탈리 골드버그는 '뼛속까지 내려가서 쓰라'고 했는데, 나는 이 구절을 참 좋아한다. 글을 쓰는 사람이 조금은 수치스러울 정도로 솔직하고 깊은 글, 그런 글이 읽는 사람의 영혼에 닿을 수 있다고 믿는다. 내 뼛속과 혈관을 타고 흐르는 기쁨이 있다면, 그것은 무엇일까 곰곰이 생각해 보았다. 행복은 양이 아니라 빈도라고 한다. 나를 자주 웃게 해주었던, 나를 순간순간 버티게 했던 것은 과연 무엇일까.

부끄럽지만 신입 전공의 시절에는 내가 무슨 약을 처방하는지도 잘 모르고 처방하는 경우가 종종 있다. 특히 환자가 기존에 먹던 당뇨약이나 혈압약 처방전을 가지고 와서 그대로 처방해 달라고 하는 경우에 주로 그렇다. 하루는 담당 교수님이 처방내역을 보며 물었다.

"그런데, 이 약은 왜 먹고 있니?"

스스로 잘 생각하고 처방한 약이 아니니, 당연히 얼른 기억이 나지 않았다. 내가 눈알을 굴리며 고민하자 교수님은 말했다.

"월화야. 외과 의사에게 칼이 무기라면,
내과 의사에게는 약이 무기란다.
무기를 함부로 쓰지 마렴."

숨고 싶을 정도로 수치스러웠다. 모든 처방에는 책임이 따르거늘, 무슨 약인지도 잘 모르면서 어떻게 처방했을까. 못 자고 못 먹다 보니 제정신이 아니었나 보다. 그날 이후로 나는 성분과 용법을 모르는 약은 처방하지 않았다. 처방 시간이 오래 걸리더라도, 자꾸 까먹더라도 매번 약전을 열어보았다. 이 습관이 지금도 남아있는 걸 보면, 스승님께 감사하다.

나는 약을 무기로 쓰는 내과 의사지만, 매일 약을 먹는 환자이기도 하다. 아마 약이 없었다면, 지금의 나도 없었겠지. 매일 먹는 약이, 매일 처방하는 약이, 매일 나를 살게 한다. 약을 먹으면서 매번 룰루랄라 노래를 부른 것까지는 아니었지만, 약을 처방하면서 '어머 너무 신난다' 했던 것은 아니었지만, 약은 내 가장 깊은 사랑이자 기쁨이다.
사연 많은 나의 약들을 소개한다.

훌쩍훌쩍,
세티리진

세티리진(Cetirizine)은 2세대 항히스타민제로, 알레르기 반응을 낮춰주는 약이다. 비염, 콧물, 피부 가려움, 두드러기 등의 알레르기 증상을 완화하기 위해 사용된다. 유명한 상품명에는 세티리진, 지르텍, 플로리진 등이 있다.

내가 초등학교 고학년이 될 무렵, 엄마가 여고 앞에서 분식집을 운영했다. 여고생들이 일찍 등교하고, 늦게 하교 했기 때문에, 엄마도 일찍 일하러 나가셔서 늦게 돌아왔다. 처음에는 하굣길에 분식집에 들러 엄마가 미리 준비해 놓은 튀김을 집어 먹고, 좋아하는 떡볶이와 쫄면을 마음껏 먹으며, 분식집 옆 서점에서 책을 보는 것이 참 좋았다. 그런데 시간이 지날수록 조금씩 불편한 점들이 하나씩 생겨났다. 점점 너무 착한 엄마가 안쓰러워 보였던 것이다.

한번은 초등학교에서 여러 명이 다툼이 생겼는데, 유독

한 친구의 부모님이 본인 자식만 피해자인 것처럼 나머지 친구들을 나무랐다. 나는 어렸기 때문에 어떤 점은 잘못했고 어떤 점은 억울한지 명확하게 이야기하지 못하고, 그냥 죄송하다고만 했다. 그런데 친구 부모님은 사과를 받아주지 않았다.

"엄마가 분식집 하신다고 했지? 앞장서. 너희 엄마한테 직접 따져야겠다."

어두운 골목길을 지나 분식집으로 향하면서, 나는 눈물 콧물 범벅이 되었다. 나는 어릴 때부터 비염이 심해서 세티리진을 달고 살았다. 그날은 약을 먹지 못해 옷으로 눈물 콧물을 훔치며 엄마에게로 향했다. 그때 엄마의 나이는 지금 나의 나이와 엇비슷하다. 자식들을 먹여 살리겠다고 밤늦게까지 일을 하다가, 생전 처음 보는 사람에게 자식 잘못 키웠다는 소리를 들은 젊은 엄마의 마음은 어땠을까. 고개 숙여 사과하는 엄마를 보면서, 다시는 엄마가 고개 숙이지 않게 하겠다고 다짐했다. 내 마음을 알았던 걸까, 엄마는 나를 나무라지 않았다.

엄마는 손이 커서 학생들이 3백 원어치 컵볶이를 시켜도 접시에 달라고 하면 접시에 수북이 담아주었다. 분식집에서는 커다란 철판에 알감자 튀김을 팔았는데, 감자 한 알당 백 원이었다. 뉴스에서 감자 값이 올랐다고 해서 2백 원으로 오르겠다 싶었는데, 엄마는 그럴 수는 없다며 크기가 조금 더 작은 알감자를 구매해서 계속 백 원에 팔았다. 3백 원어치 컵볶이를 접시에 더 많이 담아달라고 하거나, 감자가 너무 작아 50원을 받으라고 하는 언니들이 종종 있었다. 엄마는 예쁘게 웃기만 했다. 그런 엄마가 답답하고 싫었다.

고백하자면 사실 요즘 병원 일이 힘들다. 나는 갑상선암 수술을 받고 환자들이 걱정되어 한 주만에 복귀했는데, 체력이 전과 같지 않음을 느낀다. 인정하고 싶지 않지만, 그동안 나의 업무방식은 사실 엄마를 많이 닮았다. 내 몸보다 환자의 몸을 먼저 생각했고, 꼭 내과적 치료가 우선시 되는 환자가 아니더라도 다른 과에서 환자를 받아주지 않으면 우리 과로 입원시켜 치료했다. 그런데 사실 요즘 이게 좀 지나쳐서, 누가 봐도 타과 치료를 먼저 하는 것이 환자에게

도움이 되는데 내분비내과로 입원하는 일들이 잦다. 건강했을 때는 그럭저럭 이타적으로 일하는 것이 어렵지 않았지만, 내 몸이 힘들어지니 이런 일들이 버겁게 느껴진다.

엄마는 왜 접시에 먹으려면 5백 원 내라고, 감자 값이 올라서 가격을 유지하려면 알감자 크기를 줄이는 게 최선이라고 받아치지 않을까, 왜 저렇게 할 말 못 하고 답답할 정도로 착하게 살까, 하고 늘 생각했다. 그런데 나 역시 그런 엄마를 보고 자라서, 수술이 제일 급하니 외과로 입원하라고, 더 이상 내분비내과적으로 해줄 수 있는 것이 없으니 너희 과에서 전과 받으라고 말하지 않는다. 병원 일이 버거워 그만두고 싶을 때, 만약 엄마라면 어떻게 할까 생각한다. 엄마라면 매달 같은 날에 적지 않은 돈을 입금해 주는 이 일을 절대로 그만두지 않겠지. 엄마라면 내 손길이 필요한 이 많은 아픈 이들을 두고 떠날 수 없겠지. 내 안에 항상 엄마가 산다.

내가 엄마를 닮은 이유는 엄마를 사랑해서일 것이다. 우리 딸도 나를 참 사랑하는데, 그럼 나를 닮으려나. 그렇

다면 나는 조금은 더 단호해지고 싶다. 내 딸은 수술할 사람을 왜 내과로 입원시키냐고, 당뇨도 갑상선 질환도 없는데 왜 내분비내과로 먼저 연락했냐고 할 말은 했으면 좋겠다. 간직하고 싶은 엄마의 모습과 딸에게 물려주고 싶은 모습, 그 사이 어디 즈음에 코흘리개 내가 있다.

　오늘 저녁은 떡볶이에 쫄면을 먹어야겠다.

달콤쌉쌀,
레보티록신

레보티록신(Levothyroxine)은 합성 갑상선 호르몬제이다. 갑상선 수술이나 면역 이상 등의 이유로 갑상선 기능 저하가 생긴 경우 복용하게 된다. 씬지로이드, 씬지록신이라는 상품명으로 더 잘 알려져 있다.

레보티록신이 나에게 특별한 이유는 비단 내가 갑상선 암 수술 후 이 약을 먹고 있기 때문만은 아니다. 내가 가장 많은 생명을 구한 약이 아마도 레보티록신일 것이며, 나름 필살 무기이기 때문이다.

다른 곳에서 한번 언급한 적이 있는데, 내가 처음 내분비내과를 전공으로 선택할 때만 해도, 이렇게 산모들을 많이 만나는 과인지 몰랐다. 갑상선 저하증이나 임신성 당뇨가 동반된 산모들은 내분비내과에서 치료를 받게 된다. 이러한 질환들은 태아의 발생과 출산에 영향을 주어 선천성

기형을 유발할 수 있고, 출산 합병증이나 태아의 신경계 장애 빈도를 높일 수 있기 때문이다. 갑상선 저하증이 있는 산모는 합성 갑상선 호르몬제인 레보티록신을 보충하며 갑상선 호르몬이 적정 수치로 유지되도록 하고, 대개 임신 내내 용량만 조금씩 변경하며 복용을 유지한다. 산모의 호르몬 수치를 잘 유지해서 건강하게 아기를 출산했다면, 두 사람의 생명을 지킨 셈이니, 내가 왜 이 약으로 가장 많은 생명을 구했다고 하는지 모두 납득할 것이다.

과거에 자주 유산을 했다던가, 시험관으로 아기를 어렵게 가졌다던가 하는 환자를 자주 만났다. 나는 환자에게 나를 만났으니 이번에는 건강하게 출산할 것이라고 일단 공수표를 날렸다. 사실 이런 말은 조금 위험하다. 만약 건강하게 출산을 하지 못한다면, 선생님이 건강하게 출산할 수 있을 거라고 했지 않느냐, 하는 소리를 들을 수 있기 때문이다. 하지만 나는 순산을 기도하는 마음으로 아기를 잘 지키겠다고 했다. 환자들도 이런 내 마음을 알았는지, 여태 이와 관련하여 한 번도 컴플레인을 들은 적은 없고, 감사하게도 실제로 유산한 환자가 없다(자랑 맞다).

　사실 이번 책의 주제인 '달콤함'에 대해서는 나는 정말 할 말이 많은 사람이다. 자랑은 아니지만 나는 평생 먹은 밥보다 간식의 양이 더 많을 것이다. 어려서는 밥은 먹지 않고 빵, 과자, 주스만 좋아해서 혼이 많이 났는데 우리 딸이 나와 식성이 똑같으니 혼을 낼 수가 없다. 성인이 되고 가장 좋았던 것은 밥 대신 달콤한 간식들로 끼니를 때워도 혼내는 사람이 없다는 것이었다. 공부를 하면서 간식을 먹게 되면 잠도 오지 않고 식사 시간을 따로 빼지 않아도 되니 좋았다. 좋아했던 간식도 나름의 역사가 있는데, 유년기에는 솜사탕이나 초콜릿, 청소년기에는 과일주스나 파이, 마카롱, 성인이 되고서는 빵, 에클레어, 쿠키류를 달고 살았다. 약도 알약보다 젤리나 씹어 먹는 약, 시럽을 선호했다.

그런데 몸이 아프고 수술을 받고 나니 이런 달콤한 것들이 이전만큼 좋지 않다. 식사도 가능하면 끼니에 맞춰 건강하게 먹고 싶고, 어디서 어떻게 만든 것인지 잘 모르겠는 간식은 가능한 안 먹고 싶다. 몸이 부족해하는 호르몬제나 칼슘제, 비타민제는 가능한 아무 맛이 없는 알약으로 꿀떡 삼켜버리고 싶다.

이렇게 식습관이 바뀐 데에는 진짜 달콤함은 삶 속에 있다는 것을 알았기 때문이 아닐까. 나는 내가 당연히 나이가 들고, 당연히 할머니가 될 수 있을 줄 알았다. 내가 의사가 된 이유는 할머니가 돼서도 일하고 싶었기 때문이었다. 젊음이 메리트가 되는 다른 직업은 망설여졌다. 그런데 아프고 나서 할머니가 되는 데에도 자격이 필요하다는 것을 알게 되었다. 그 자격은 건강이었다.

어느 직장이나 마찬가지겠지만, 사실 병원에도 참 일하기 싫어 보이는 사람들이 많다. 나는 내심 그들을 비난했다. 저렇게 일하기 싫으면 왜 꾸역꾸역 나와서 일을 할까,

싶었다. 그런데 아프고 나니 그들이 달리 보였다. 달콤한 인생을 살기 위해 씁쓸한 약을 먹듯이, 달콤한 순간을 맞이하기 위해 씁쓸한 순간을 버텨내고 있구나, 하고.

　매일 아침 레보티록신을 삼키며 생각한다. 한 알의 씁쓸함 만큼 달콤한 하루가 있을 거라고. 쓰디쓴 매일이 쌓여, 달콤한 할머니가 되어 있을 거라고.

분홍 소시지와
옛날 통닭, 스타틴

스타틴(Statin)은 콜레스테롤 합성을 억제하는 고지혈증 치료제이다. 동맥경화를 지연시키고 심혈관질환을 예방하기 위해 사용된다. 리피토, 리바로 등의 무수한 동일계열 약물이 있다.

바라보기만 해도 과거로 나를 소환하는 음식들이 있다. 내겐 분홍 소시지가 그렇다. 엄마는 한번씩 거실에 신문지를 깔고 불판에 분홍 소시지를 구워주셨다. 계란물을 입힌 분홍 소시지가 불판에 구워질 때 지글지글하는 소리, 뜨거운 기름 냄새, 갓 베어 물었을 때의 부드럽고 따뜻한 맛은 잊히지가 않는다. 우리 삼 남매는 불판을 둘러싸고 앉아 분홍 소시지를 상추에 싸서 고추장에 찍어먹었다. 엄마는 이렇게라도 잘 먹어주니 고맙다고 했다. 고기를 살 돈이 없어서 대신 분홍 소시지 파티를 했었다는 것을, 아주 나중에 알았다. 엄마는 잘 먹는 자식들을 보며 마음이 아팠다고 한

다. 나에겐 즐거운 기억뿐인 걸 보면, 엄마는 쓸데없이 마음 아팠던 셈이다. 신혼 때 몇 번 분홍 소시지를 사간 적이 있는데, 남편이 질겁을 하며 너무 싫어한다고 하는 바람에 못 먹은 지 좀 되었지만, 여전히 분홍 소시지는 내게 추억을 불러일으키는 음식이다.

집 근처에 값싼 통닭집이 생겨서 엄마가 월급받는 날이면 한 마리씩 사가지고 돌아오셨다. 종이상자에 가득 담겨 언뜻 자태를 내보이던 통닭, 맛도 기억나지 않을 만큼 순식간에 해치웠던 통닭. 서로 다리를 먹겠다고 그렇게 싸웠었다. 언니가 중학교에 올라가고, 막내가 초등학교에 들어갈 무렵, 순식간에 통닭을 해치우는 우릴 보며 엄마가 '이젠 한 마리로 안 되는구나.'라고 하셨을 때의 복잡한 표정을 기억한다. 엄마는 뿌듯했지만 걱정되었을 것이다.

나는 가난을 미화하고 싶지도 않고, 가난을 주제로 한 콘텐츠들을 좋아하지도 않는다. 왜냐하면 가난은 인간을 인간답지 못하게 만든다는 것을, 잘 알기 때문이다. 초등학교 때 좋아하던 친구가 우리 집에 놀러 온 다음부터 나를 멀리했다. 건너 듣기로는 우리 집에는 침대도 없이 바닥에 이불이 깔려 있고, 유리창도 하나가 깨져있는데 고치지 않은 것이 괴상하다고 했다고 했다. 지금 생각해 보면, 어린 나이에 참 관찰력이 좋은 친구다. 하지만 그때 당시에는 상처를 받았다. 나는 친구가 많던 어린이였지만, 집에 친구를 초대하지는 말아야겠다고 다짐했다. 우리 집이 가난하다는 것을 알게 되면, 나도 불쌍한 아이라고 생각해 버릴까 봐 싫었다. 나는 치열하게 가난으로부터 멀어지고 있지만, 아직도 많은 이들에게 가난은 현재 진행형이다. 하지만 그래도, 가난 속에도 음식이 있고, 가난 속에도 추억이 있으며, 가난 속에도 사랑은 있다. 이것은 변치 않는 사실이다.

앞서 언급된 추억의 음식들은 내가 고지혈증이 진단된 환자들에게 먹지 말라고 하는 음식들이다. 스타틴을 복용하는 것보다, 튀기거나 기름진 음식을 먹지 않는 것이 훨씬 중요하다고 강조한다. 지난주에 만난 80대 할머니는 고지혈증 약을 10년 넘게 드시고 있었기 때문에, 어떤 음식을 먹으면 혈액검사 결과가 나빠지는지 잘 알고 있었다. 진료실에 들어오실 때부터 무언가 잘못한 사람처럼 쭈뼛쭈뼛 들어오셨다.

"교수님, 이번 검사 결과 안 좋쥬? 내가 다 늙어서 뭘 좀 배운다고 요즘 수업을 들어요. 사람들하고 어울린다고 단 것도 먹고 기름진 것도 먹고 그랬시유.

죄송해유."

의사는 항상 우선순위에 대해 고민해야 하는 직업이다. 환자의 현재 상황에서 가장 중요한 치료는 무엇인지, 가장 중요한 약은 무엇인지, 무엇이 여생을 가장 괴롭게 할지 부지런히 따져보고 처방해야 한다. 나는 고민하지 않은 척 대답했다.

"잘했습니다. 그럼 안 먹고 안 어울립니까?

약 용량을 조금만 늘려보지요."

나는 할머니가 콜레스테롤 걱정을 하느라 새로운 것을 배우지 않고 혼자 지내는 것보다, 콜레스테롤 수치가 조금 올라가더라도 수업도 듣고 친구도 만나는 게 더 건강한 인생이라고 판단했다. 스타틴이 있기 때문에, 늙은 할머니도 새 친구를 사귀고, 다 자란 나도 어린 날의 음식을 다시 먹어본다. 과연, 명약이로다.

느려도 괜찮아,
프로프라놀롤

프로프라놀롤(Propranolol)은 베타차단제를 대표하는 약으로, 맥박을 낮추고 교감신경 흥분을 가라앉혀 준다. 인데놀이라는 상품명으로 더 잘 알려져 있다. 고혈압, 부정맥, 갑상선 항진증 치료에 주로 사용되고, 과도한 긴장을 억누르려 시험이나 공연을 앞두고 복용하기도 한다.

　　나는 어릴 때에는 나서는 것을 좋아해서, 초등학교 때 6년 내내 반장을 했다. 왜 그렇게 좋아했는지 지금의 나로서는 이해가 잘 되지 않는다. 흡사 연예인이 은퇴 선언이라도 하듯, 고등학교에 진학하면서부터 공부에 전념하기 위해 나서는 일들을 안 하기 시작했다. 그런데 신기하게도, 점점 나서지 않다 보니 점점 나서는 것이 힘들어졌다. 대학생이 된 후 발표 도중 떨리는 스스로의 목소리를 들었을 때, 나는 매우 놀랐다. 나도 모르는 사이에, 내가 많이 변했구나.

의과대학생을 힘들게 하는 것 중 가장 큰 요소는 아마도 유급일 것이다. 특정 과목에서 F를 받거나, 평균 평점이 기준 이하면 유급이 되어 한 해를 다시 다녀야 한다. 한 해를 다시 다닌다는 것은 단순히 시간, 재정 문제뿐만 아니라 함께 의지하던 동기들과 떨어져 후배들과 생활을 해야 하기에 정신적으로 매우 힘든 일이다. 나는 유급이 되지는 않았는데, 졸업과 국가고시를 한 달가량 앞두고 황당한 통보를 받았다. 학교 측에서 몇몇 학생들을 불러 국가고시 접수를 취소하라고 통보했고, 그중에 나도 포함된 것이다.

나는 성적이 나쁜 편이 아니었기 때문에 이런 결정이 납득되지 않았다. 그 이유를 물으니, 교수회의에서 마지막 모의고사의 성적이 나쁜 몇 명에게 졸업장을 주지 않고 수료증만 주기로 하였고, 국가고시 기회를 박탈하기로 하였다고 한다. 국가고시 합격률을 높이기 위한 결정이라고 했다. 나는 그동안 모의고사 성적이 좋아 마지막 모의고사는 응시하지 않았다. 마지막 모의고사를 기준으로 국가고시 자격을 박탈한다는 것을 미리 알았다면, 마지막 모의고사까지 잘 치렀을 것이다. 이렇게 급하고 황당한 결정을 하게 된 데에는, 권력관계상 국가고시를 꼭 치러야 하는 학생이

마지막 모의고사만 잘 본 편이었기 때문이라는 소문이 돌았다. 나와 동기들은 너무 억울하고 황당해서 며칠 밤을 총장 집 앞에서 떨며 지새웠지만 바뀌는 것은 없었다.

의과대학생도, 의사도 아니게 된 나는 후회와 원망, 불안으로 가득 찬 괴로운 한 해를 보냈다. 거의 매일을 울며 공부했으니, 아마 이때 암이 생긴 것 같다. 이미 합격한 실기시험도 졸업장이 없어 무효화가 되어 다시 치러야 했다. 작년과 마찬가지로 실기 시험 직전 프로프라놀롤을 삼키면서, 스스로에게 주문을 걸었다. 이번엔 다 잘 될 거라고.

한 해 동안 학교에서 주관하는 모든 모의고사에서 거의 최고점을 기록하며 졸업하였고, 국가고시 실기, 필기 모두 합격하여 결국 의사면허증을 땄다. 어두운 한 해였지만, 이때 내과 공부가 가장 재밌어서 내과로 전공을 정했으니, 나름 중요한 한 해였다.

나보다 먼저 인턴생활을 하는 동기들을 보며 마음이 아팠었는데, 수년이 지난 후 지금은 그렇게 마음 아파할 이유가 있었나 싶은 면도 있다. 일단 내가 알기로 동기 중 내분비내과 교수로 종합병원에 근무하고 있는 사람이 없다(있다면 미안. 연락 좀 줘). 나는 스스로 흥미롭고 보람차다고 느끼는 대로, 나만의 길을 걸어왔다. 결국 속도보다 방향이 중요하기에, 본의 아니게 한번씩 브레이크가 걸리며 더 좋은 결정을 해왔다면, 나름의 가치가 있는 게 아닐까. 그렇다고 다시 돌아가고 싶은 것은 아니지만. 또 이 사건 이후로 나는 나보다 어리거나 나보다 발언권이 없는 사람을 더 존중하고 보호하려는 성향이 강해졌는데, 나는 이런 내 모습이 싫지 않다. 좋은 의사에 앞서, 좋은 사람이 되고 싶기 때문이다.

빨리 무언가를 이루고 싶을 때, 스스로 뒤처지는 것 같아 속상할 때, 가슴을 툭툭 쓸어내린다. 빨리 가는 것보다, 바르게 가는 것이 중요하다고. 나쁜 대접을 받았다고, 꼭 나쁜 사람이 되는 것은 아니라고. 너는 너로 살고 있으니, 느려도 괜찮다고.

나의 친애하는 우울증,
에시탈로프람

에시탈로프람(Escitalopram)은 선택적 세로토닌 재흡수 저해제의 일종인 항우울제이다. 우울증, 공황장애, 불안장애, 강박장애 등에 널리 사용된다. 렉사프로라는 상품명으로 더 잘 알려져 있다.

    나를 처음 보는 사람들은 내가 밝고 예의 바르다고 한다. 하지만 사실 나는 어둡고 삐딱한 사람이다. 이런 속내가 알려지면 여러모로 득이 없기 때문에 유쾌한 사람인 척할 뿐이다. 그렇기 때문에 나는 나의 우울증에 대해 이야기하고 싶지 않다. 사람들이 나를 재밌고 건강한 사람으로 기억했으면 좋겠다. 하지만 실상이 그렇지 아니하니, 그렇게 꾸민다 한들 얼마나 가겠나.

    우울증 약을 처음 복용하기 시작한 것은 내과 전공의 1년 차 때부터였지만, 사실 학생 때부터 우울감이 자주 있었다. 매일 아침 눈을 뜰 때마다 죽고 싶다고 생각했다. 그렇다고 정말 어디에서 어떻게 죽을까 깊게 고민했다는 것은 아니고, 오늘도 펼쳐져버릴 하루가 버거워 차라리 하루가 시작되지 않았으면 하는 마음이 들었다. 출산 직후에는 병원일도, 육아도 잘 해내지 못하는 것 같아 우울증이 심해졌다. 아기를 안아 재우며 창밖을 바라보면서, 뛰어내리고 싶다고 자주 생각했다.

나는 이런 생각들이 병적인 문제라는 것을 알았다. 꾸준히 정신과 치료를 받으면 좋았을 텐데, 자살사고가 심하게 들 때마다 정신과에 내원해서 약 처방을 받았다. 약을 먹으면 전반적으로 느긋해지고, 업무 능력도 약간 하락하는 느낌이 들었지만, 심한 우울감은 지나가게 해주었다. 때로는 자괴감이 들 때도 있었다. 다른 사람들은 나처럼 죽고 싶다는 생각을 하지 않을까? 다른 사람들은 나보다 삶에 만족하며 살아갈까? 다른 사람처럼 약을 먹지 않고도 마음이 고요하다면 얼마나 좋을까? 하고, 생각했다.

한용운 시인은 "남들은 자유를 사랑한다지마는, 나는 복종을 좋아하여요"라고 말했다. 남들은 기쁨을 사랑한다지만, 나는 우울을 좋아한다. 그렇다고 자주 우울하고 싶다

는 것은 아니지만, 우울이 꼭 나쁘기만 한 녀석은 아닌 것 같다. 정신과에 가면 대기를 하는 환자들 중에 새치기를 한다거나, 고성으로 다른 사람을 불쾌하게 한다거나, 하는 사람이 거의 없다. 다들 우울하기에 남을 우울하게 만들고 싶지 않은 것이다. 정신과 친구는 농담 삼아 진짜 정신에 문제가 있는 사람은 정신과에 오지 않고, 그런 사람들에게 피해를 받은 사람만 정신과에 온다고 한다. 우울한 사람을 바꿔 말하면, 다정하고 섬세한 사람일지도 모른다.

우울증은 유전 경향성이 있기 때문에, 나는 딸아이를 걱정했다. 하지만 최소한 지금까지의 경험에 의하면, 우리 딸은 조금은 우울해도 되지 않을까 싶을 만큼 발랄하고 용감하다. 보통 이 나이 대 아이들이 자신을 공주라고 생각한다는데(딸은 만 3세이다), 우리 딸은 자기는 왕자님이고 엄마가 공주님이라고 한다. 작고 보드라운 손으로 나를 꼭 안으며 엄마를 지켜주겠다고 한다. 옆에서 듣던 이웃분이 어디서 본건 많다며 피식 웃었다.

나는 딸아이만은 나의 우울증을 몰랐으면 했다. 그냥 왠지 그렇게 하는 게 아이에게 더 좋을 것 같았다. 출근하면서 신나는 척 춤을 추고, 퇴근하면서 노래를 부르며 뽀뽀를 퍼부었다. 퇴근 후 지치지 않은 척 인형놀이를 하고, 힘들지 않다며 함께 밤 산책을 했다. 그렇게 잘 숨겨왔다고 생각했는데, 이른 아침 멍한 나를 물끄러미 쳐다보더니 딸아이가 말했다.

"엄마, 아픈 사람이 기다리잖아. 병원에 가. 힘 내."

나는 이때까지 출근하기 싫은 내색을 한 적이 없다고 생각했기 때문에 사뭇 놀랐다. 딸아이는 세수부터 옷 입기, 양치, 로션 바르기, 인형놀이, 산책까지 일거수일투족을 엄마랑 하기 원해서 아빠가 자주 서운해 했는데, 하루는 퇴근 직후 지친 나를 힐끔 쳐다보더니 아빠에게 말한다.

"오늘은 아빠랑 밤 산책 갈래. 엄마, 쉬어."

내가 정말 숨기고 싶었던 것은 무엇이었을까. 우울하지 않은 척해봤자 들켜버리고 말 우울이라면 애써 숨길 필요 없지 않을까. 과연 항상 기쁘고 평화로운 사람이 있을까?

아마도 없을 것이다. 왜냐하면 애초에 우리 인생이 그렇게 생겨먹지를 않았으니까. 그렇다면 그냥 생겨먹은 대로 우울하게, 아니, 다정하고 섬세하게 살련다.

미술의 나라 프랑스에서는 정물화를 '죽은 자연(nature morte)'이라고 한다. 반면 영어로는 '고요한 생명(still life)'이라고 하는데 독일어 'stilles Leben'에서 유래했다. 같은 대상을 두고 한 언어는 정지와 부동의 이미지를 뜻하는 데 비해 다른 언어는 정적인 고요함을 강조하는 차이가 어렴풋이 느껴진다. 프랑스어로 표현하자면 '뉘앙스(nuance)'라고나 할까.

보리스 쿠스토디예프의 〈달콤한 정물〉을 비롯해 많은 정물화에는 유리잔과 달콤한 것들이 등장한다. 사실 그것은 깨지기 쉽고 지속할 수 없는 허무를 뜻한다. 라틴어로는 '바니타스(vanitas)'라고 한다. 그림을 감상하면서 허무감이 아니라 달콤함 그 자체로 봐도 상관없지만 모든 걸 우리의 인생에 빗대보자면 달콤함 속에는 고요한 허무도 있지 않을까 싶다. 사람의 강점과 약점은 긴밀하게 연결되어 있듯이 달콤함 또한 그 반대급부와 연관되어 있다고 나는 믿는다. 그것이 허무이든 페르난도 보테로의 그림에 등장하는 지방질이든 간에, 당신께 정물화 속 달콤한 케이크와 함께 뒤에 보이는 책을 슬며시 전할까 한다. 책 속에는 내가 경험한 몇 가지 달콤함과 그에 상반되는 내면의 쓸쓸함이 함께 새겨져 있다.

이 책을 사이에 둔 나와 당신, 두 사람 모두에게 '달콤한 인생(la dolce vita)'이 울려 퍼지기를 기원한다.

보리스 쿠스토디예프 〈달콤한 정물〉

이반 트보로지니코프 〈성화 판매상〉 1887-1888

뱅크시 아니세요?

현재 미술계에서 가장 화제를 모으는 화가는 뱅크시다. 영국을 기반으로 활동한다는 사실만 알려져 있고 본명 등 정체에 관해서는 철저히 베일에 가려져 있다. 자신의 작품이 거액으로 낙찰되는 순간 자동으로 파쇄되는 행위가 그 자체로 예술이 될 정도로 화제성만은 독보적이다. 그러던 중 흥미로운 신문기사를 읽었다. 어떤 이가 뉴욕의 지하철역 근처 노점에서 얼마 되지 않은 돈으로 그림을 샀는데 그게 뱅크시가 직접 그린 진품일 수 있다며 사실일 경우 작품은 수백억 원의 가치가 있다는 기사였다. 뱅크시가 무명의 연극배우를 고용해 노점의 그림 판매상으로 연기를 시킨 후 자신의 작품을 단돈 60달러에 팔게 하는 퍼포먼스를 펼쳤다는 거다. 뱅크시의 의도는 천정부지의 미술품 가격과 그것을 재테크의 수단으로 삼는 졸부들을 향한 조롱이지

않을까.

　그 그림이 뱅크시의 작품이 맞든 아니든 간에, 그리고 그의 의도가 어떠했든 간에 나는 길거리에서 60달러를 주고 그림을 산 사람에 대해서 흥미롭게 생각해 보았다. 그는 갑작스럽게 찾아온 횡재에 가슴이 두근거렸을까. 물론 그랬을 테지. 그런데 마음에 들어서 산 그림이 유명 화가가 직접 그렸느냐에 따라 60달러와 수백억 원의 차이가 생긴다는 자체가 흥미롭다. 그 그림을 산 사람은 자신의 방이나 거실에 소품 삼아 걸어두려고 했겠지만 이제는 어두운 금고 속에 그림을 보관하고 있을 거라 생각하니 과연 사람들에게 보이고 사랑받는 그림, 그 자체의 존재 목적에 비추어서는 서글픈 일이 아닐까 싶다.

　그러다가 길거리를 지나며 마음에 드는 그림 한 점을 발견했다. 소년인지 소녀인지 모를 초상화였는데 눈을 감고 눈 밑으로는 푸른 물감으로 가려진 그림이었다. 재료비도 안 나올 정도의 푼돈을 주고 그 그림을 샀다. 혹시 뱅크시가 직접 그린 건 아닐까 하며 즐거운 상상을 하면서 말이다. 판매한 사람에게 내 명함을 주고는 혹시 화가에게 연락이 오면 물어볼 게 있다고 내게 전화를 줄 수 있는지 여쭤 봐 달라고 전했다. 그런데 정말로 전화가 왔다. 앳된 여자 목소리였는데 자신이 그린 그림은 심해에서 평화로움을 느끼는 자화상이라고 한다. 아, 그림의 주인공이 미소년인 줄 알았는데 여자였구나. 그리고 푸른 물감은 심해를 표현한 것이었구나. 여하튼 우리는 그림에 대해서 제법 즐거운 대화를 나누었고 나는 그 화가에게 언젠가 이런 화풍으로 나의 초상화를 그려달라고 부탁할 것 같은 예감이 들며 전화를 끊었다. 끊고 나서 바로 후회했다.

혹시 뱅크시가 아니냐고 물어볼걸.

프란츠 마르크 〈빨간 말과 파란 말〉 1912

빨간 불과
파란 불 사이에서

평화로운 현대인은 두 가지 때문에 싸운다. 층간소음과 주차 문제이다. 아파트에 살지 않는 나로서는 두 가지 모두 큰 문제가 없는 편이다. 그러던 어느 비 오는 날이었다. 내가 주로 주차하는 위치는 한 초등학교와 접한 곳인데 출근 시간과 맞물려 아이를 등교시키는 학부모의 차량 때문에 내 차가 빨리 빠져나갈 수 없었다. 가뜩이나 비를 싫어하는 나로서는 저기압인 데다가 출근 시간까지 조급해지자 짜증이 솟구쳐 올랐다. 그래서 아이가 무사히 교문 안에 들어서는 것을 지켜보고 차를 빼주러 오는 여자에게 벌컥 화를 냈다. 아주머니, 차 좀 멀리 대세요, 하면서. 그 여자는 미안하다며 고개를 수그리더라. 나는 그 여자의 차를 노려보며 내 차를 빼고 급하게 액셀러레이터를 밟았다. 하지만 얼마 가지 못하고 빨간 불에 걸려 정차했다.

나는 빨간 불을 쳐다보며 내가 비겁했다는 걸 느꼈다. 만약 머리를 바짝 깎고 울퉁불퉁한 덩치를 자랑하며 캔버스가 아니라 피부에 그림을 그린 남자를 상대로 아저씨, 차 좀 멀리 대세요, 하면서 목소리를 높일 수 있었을까. 나는 상대를 판단하고 화를 낸 것이다. '내로남불'보다 어쩌면 더 야비한 '강약약강'의 자세를 보였다. 강한 상대에게는 약하고 약한 상대에게는 강한, 비겁하기가 이루 말할 수가 없는 것 말이다. 상대를 판단하지 않고 모두에게 친절한 사람은 성격 자체가 착한 사람이다. 그리고 상대가 누구든지 간에 모두에게 강한 사람은 그것이 그의 개성일 수도 있다. 더불어 강한 사람에게 강하고 약한 사람에게 약한 이는 훌륭한 성품일 확률이 높다. 그런데 비 오는 날 아침의 나처럼 약한 사람에게 강하고 강한 사람에게 약한 이는 비겁하고 야비하다. 그것이 나를 부끄럽게 했다. 어쨌든 빨간 불은 파란 불로 바뀌었고 나는 차를 천천히 출발시켰다.

미안해요, 별것 아닌 일에 화를 내서. 죄송해요, 젊어 보이는데 아주머니라고 불러서.

아주 사소한 다툼

베이브 루스는 설명할 필요가 없는 야구의 대명사 그
자체이고, 본인의 이름을 딴 병 때문에 생을 마감한 루 게
릭은 철마라는 별명으로 한 시대를 호령한 강타자였다. 뉴
욕 양키스의 위대한 두 선수는 1933년에 아주 사소한 일
때문에 야구 외적으로는 말을 섞지 않았다고 한다. 그 일은
바로 베이브 루스의 딸 도로시가 루 게릭의 부모님 댁을 방
문하면서 생겼는데 도로시를 귀여워했던 루 게릭의 어머
니 크리스티나가 악의 없이 왜 친딸인 도로시는 허름한 옷
을 입고 재혼한 아내 클레어가 데려온 딸인 줄리아는 최신
패션으로 다니는지 물었다고 한다. 이 말을 전해 들은 클레
어는 과잉 반응을 했고 도로시가 루 게릭의 집에 가는 것을
금지했다. 다음날 베이브 루스가 라커룸에서 루 게릭에게
불만을 터트렸고 대화는 가열되어 둘은 다시는 서로 말을

조셉 라이트 〈방광 때문에 싸우는 두 소년〉 1767-1770

하지 않기로 결심했다고 전한다.

더구나 1934년 11월에 메이저리그의 선진 야구를 보여주러 일본으로 가는 배 안에서 루 게릭의 아내인 엘리노어가 두 시간 정도 행방불명되어 루 게릭이 바다에 빠진 건 아닌가 하고 난리를 친 사건이 있었는데 엘리노어는 베이브 루스 부부와 함께 그들의 선실에서 샴페인과 캐비어를 즐기고 있었다고 한다. 부풀리기 좋아하는 호사가들은 베이브 루스와 루 게릭의 아내 엘리노어 단둘만 선실에서 두 시간 정도 머물렀다고 왜곡하기 시작했고 이 사건은 두 선수의 불화를 최대한으로 몰아가 버린다.

1939년 7월 4일 루 게릭이 그 유명한 '세상에서 가장 운이 좋은 사나이'란 연설을 끝낸 직후까지 뉴욕 양키스의 위대한 3, 4번 타자는 몇 년 동안 완전히 돌아서 버린 것이다. 예전에 테드 윌리엄스의 사진들을 보다가 베이브 루스가 루 게릭보다 보스턴 레드삭스 소속의 테드 윌리엄스와 더 친하게 보이는 사진들이 많아 의아했는데, 루 게릭과의 아주 사소한 다툼이 원인의 하나인지도 모르겠다. 공 대신

쓰인 돼지 방광을 두고 싸우는 두 소년처럼 참 별것 아닌 것에 사이가 틀어지는 게 웃기기도 하고 씁쓸하기도 하다.

이래서 야구란 인생과 닮았다고 하는 걸까.

내가 쓴 책을
선물한다는 건

2021년의 일이다. 내가 쓴 책이 출간되기 전에 원고를 투고했던 출판사의 편집자에게서 표지와 편집 디자인 등이 담긴 메일을 받았다. 그걸 보는 순간 산부인과에서 초음파 사진으로 자신의 아이를 미리 만나는 예비 부모의 모습을 나에게 투영시켰다면 과장된 묘사일까.

어쨌든 2021년 12월 31일 금요일에 내가 쓴 책이 형상을 갖추고서 나에게 왔다. 화가 존 에버렛 밀레이의 딸 에피의 귀여운 모습이 앞뒤 표지에 담긴 나의 책을 가만히 안아보았다. 그리고 편집자에게 먼저 전화를 걸었다. 책이 잘 도착했다고 말하고는 약간 떨리는 목소리로 내가 꿈꿔왔던 걸 이루게 해줘서 정말 감사하다고 전했다. 편집자의 흐뭇한 미소가 전파 너머로 설핏 보이는 것 같았다.

내가 쓴 책은 95개의 명화와 꼭지로 이루어졌기 때문에 기념으로 삼아 95권의 책을 주문했다. 가족과 친척과 친구와 동료에게, 그리고 살면서 내가 고마웠던 사람들과 내 책에 등장하는 이들에게 선물로 주고 싶었기 때문이다. 하여 이 글은 칼 슈피츠베크의 그림처럼 선물할 책을 뒤에 숨기고 달콤한 장미 향기를 맡았던 추억담이라고 보면 되겠다.

가장 먼저 두 권은 부모님께 드렸다. 책의 많은 부분은 아버지를 생각하며 썼고, 글을 모르던 시절에 어머니가 나에게 책을 읽어주시지 않았다면 나는 작가는커녕 독자조차도 되기가 버거웠으리라. 여하튼 한 해의 마지막 날에 부모님께 눈에 보이는 결과물을 선물로 드린다는 건 정말 달콤한 일이었다. 시간이 흘러 아버지께 선물한 책을 몰래 훔쳐봤는데 내가 책 속에 쓴 짧은 편지 밑에 이 책이 여러 곳에서 많은 독자에게 읽히기를 기대한다는 아버지의 자필 문구를 보며 눈시울이 약간 붉어졌다.

사실 그다음의 달콤한 추억들은 급하게 지나간 듯하다.

칼 슈피츠베크 〈장미 향기의 추억〉 1850

동생의 집에 가서 두 조카를 무릎에 앉히고는 조카들에 관해 쓴 부분을 읽어주었는데 조카들은 먼 미래에 이러한 장면들을 추억할 수 있을까. 삼촌께도 직접 책을 읽어드렸고, 돌아가신 큰고모를 그리며 쓴 내용이 있어 멀리 사는 고종사촌 형에게 책을 택배로 보내, 봉안당에 모셔진 큰고모께 대신 읽어달라는 부탁을 했었다. 책에 등장했던 초등학교 시절의 담임선생님께도 책을 한 권 보내드렸다. 그리고 가까이 사는 친구들은 책 선물을 빌미 삼아 한 번 더 얼굴을 볼 수 있었고, 업무적으로 고마웠던 사람들에게 책을 전하며 감사함을 표현할 수도 있었다. 책을 선물 받은 많은 이들이 자신의 일처럼 기뻐해 주었고, 몇몇은 본인만의 감상을 전해주어 특별히 나를 감동케 했다.

자, 이제 장미 향기가 옅어지기 전에 두 분과 함께했던 특별했던 추억담으로 이 글을 마무리하고자 한다. 첫 번째 분은 근처에 사는 어느 작가이다. 아버지의 소개로 알게 된 분인데 결락감이라는 마음속 공허함을 채우고자 글을 쓰게 되었다고 자신을 소개하셨다. 나는 그분 덕분에 노자의 『도덕경』이 가지는 깊은 뜻을 조금이나마 배우게 되었고,

정답이 주어지는 삶보다는 질문이 인생을 더욱 풍요롭게 할 수 있다는 지혜를 어렴풋이 알게 되었다. 그분이 쓴 책을 여러 권 선물 받았는데 부끄러운 수준이지만 내가 쓴 책을 그분께 드릴 수 있게 되어 개인적으로는 참 달콤했다고나 할까. 그분은 나에게 글을 쓴다는 것은 혼자 할 수 있는 평생의 취미를 가지는 것이라며 언젠가 꼭 책을 써보라고 말해주려 했는데, 이렇게 직접 쓴 책을 선물해 주어 너무 고맙다고 말씀하셨다. 그리고 하루도 지나지 않아 다 읽으셨다면서 다음 책이 기대된다는 격려를 전해주시고는 글이란 언제나 진실되게 써야 한다는 가르침도 베풀어주셨다. 그래서 결심했다. 내 필력은 초라하나 최소한 진실되게 쓰겠다고.

마지막 추억담은 미술 과목을 가르치셨던 중학교 2, 3학년 때 담임선생님을 찾아뵌 일이다. 2년이나 연속해서 담임선생님이었기에 내게는 특별했고 많은 은혜를 입었으나 졸업 후에 한 번도 찾아뵙지 못해 평생의 숙제 같은 느낌을 품고 살았었다. 잘 되면 연락드려야지, 성공하면 찾아뵈어야지 하고 생각만 하고 있다가 이러다간 평생토록 못 뵙게 될

것 같은 두려움이 생겨 연락처를 수소문해서 전화번호를 알게 되었다. 2022년 스승의 날 즈음에 전화를 드렸는데 통화 연결음이 울리는 짧은 시간 동안, 내게는 특별한 선생님이지만 가르치셨던 수많은 학생 중의 하나로 기억조차 못하시면, 선생님도 미안해할 것이고 나도 실망스럽지 않을까 하는 생각을 잠시 했다. 다행히도 사반세기가 넘는 시간이 흘렀으나 선생님은 나를 알아봐 주셨고 예전의 목소리가 남아있다고 하시더라. 몇 주 후 선생님께서 사시는 대구의 어느 한정식집에서 드디어 선생님을 뵙게 되었다. 차를 몰고 약속 장소에 가면서 절대 울지 말자고 결심했는데 큰절을 드리는 순간 눈물이 터져 나오더라. 머리카락에 흰 눈만 내리고 전혀 변하지 않은 선생님의 모습을 보며 장미 꽃다발을 전해드렸다. 선생님께서는 내가 방황하던 시간 동안 마음고생이 심했을 거라며 냅킨으로 눈물을 닦으셨고, 이상하게도 선생님의 눈물은 나를 따뜻하게 위로해 주었다. 그리고 헤어질 때쯤 나는 선생님께 내가 쓴 책을 드렸다. 까까머리 중학생 시절로 돌아갈 수는 없어도 한 조각 남아있는 소년의 마음을 담아 선생님께 드린다고 책 속에 썼다. 유화를 전문으로 그리셨던 선생님께는 유치원 재롱

잔치 수준의 글이겠지만 그래도 제자의 선물을 자랑스럽다고 말씀해 주시더라. 돌아가는 길에 나는 약간 감회에 젖어들었다. 이런 표현은 선생님께 실례인지 모르겠지만 인생의 큰 숙제를 하나 끝낸 느낌마저 들었다. 배가 부른 것보다 더 마음이 불렀다.

여기까지가 책을 출간하고 선물하면서 겪은 내 장미 향기의 추억이다. 이 글을 읽고 있는 당신께 그 달콤한 향기를 전해주고 싶다. 내가 쓴 책을 뒤에 살짝 숨기고서.

이반 크람스코이 〈관조자〉 1876

러시아를 관조하다

표도르 도스토옙스키의 『카라마조프 가의 형제들』에는 이반 크람스코이의 〈관조자〉가 등장한다. 겨울의 숲이 묘사되어 있고, 숲속 길에 다 해진 카프탄을 입고 짚신을 신은 한 농부가 길을 잃은 채 아주 깊은 고독에 잠겨 홀로 서 있는데, 꼭 뭔가를 골똘히 생각하는 듯하지만 실은 생각을 하는 것이 아니라 뭔가를 관조하고 있는 것이다. 소설을 읽으며 생각과 관조의 차이가 궁금해 사전도 찾아봤으나 고백하자면 아직도 잘 모르겠다.

작가는 소설 속 주요한 인물인 스메르쟈코프를 묘사하며 이반 크람스코이의 〈관조자〉를 끌어온다. 그리고 거장의 묘사는 이렇게 이어진다. 만약 누가 그를 툭 친다면 그는 꼭 잠에서 깬 양 몸을 부르르 떨면서 상대방을 바라보

겠지만 무슨 영문인지 통 모를 것이다. 물론 곧 정신을 차리기야 하겠지만 거기 서서 무슨 생각을 하고 있느냐고 물으면 틀림없이 아무 기억도 해내지 못하고 자기가 관조하고 있는 동안 받은 인상만을 마음속에 숨겨 놓을 것이다. 그 인상은 그에게 매우 소중한 것이어서 마음속에 차곡차곡 쌓아 두기야 하겠지만 왜, 무엇 때문에 그러는 건지 전혀 알지 못할 것이다. 여러 해 동안 그 인상들을 축적한 그는 어쩌면 갑자기 만사를 내던지고서 방랑과 구원의 길을 찾아 예루살렘으로 떠날지도 모르고 어쩌면 갑자기 마을에 불을 지를지도 모르며 또 어쩌면 두 가지 일을 한꺼번에 저지를지도 모른다. 민중들 사이에는 이렇게 관조하는 자들이 상당수 있는데 그중 하나가 바로 스메르쟈코프이고 그역시 목적도 잘 모르면서 자신의 인상들을 탐욕스럽게 축적하고 있는 것이리라.

이반 크람스코이의 붓질과 표도르 도스토옙스키의 묘사는 이토록 빼어나다. 그렇다면 나의 감상은 어떠한가. 나는 그저 기도한다. 내가 그렇게나 감탄하는 러시아의 훌륭한 문학과 미술과 음악이 어느 정신 나간 위정자 때문에 오염되지 않도록 말이다. 물론 정치는 짧고 예술은 길다. 그리고 그렇게 위대한 예술조차도 우크라이나에서 태어난 한 아이의 생명보다는 가치가 덜한 것이리라.

렘브란트 반 레인 〈늙은 유대인의 초상〉 1654

늙음에 관하여

오스카 와일드가 쓴 『도리언 그레이의 초상』은 자신의 영혼을 팔아 영원한 젊음을 가지게 된 주인공 대신 그의 초상화가 늙어가면서 속악하고 잔인한 표정으로 변하게 된다는 이야기의 소설이다. 책이 주는 교훈과는 별개로 내 초상화가 나 대신 늙어간다면 그것은 정말 매혹적이지 않을까. 이사카 고타로의 소설 『마왕』에는 주인공 형제가 어느 찻집에서 대화하다가 몰골이 꾀죄죄한 노인을 보고 상념에 빠진 형이 갑작스레 눈물을 흘리는 장면이 나온다. 늙음을 생각하는 자체가 눈물을 자아내는 것일까. 어쩌면 육체가 늙으면 눈물조차 말라버릴지도 모른다.

그런데 요즘 많은 달콤한 서적들은 늙음을 예찬하고 있는 듯하다. 자연스럽게 나이 들어가는 것이야말로 인생의

아름다운 훈장이라나 뭐라나. 물론 젊어본 적 있는 늙은이가 늙어본 적 없는 젊은이보다 훨씬 더 지혜로울 것이다. 그리고 젊은이가 자랑하는 재산은 화살보다 빠른 속도로 금방 탕진될 것이다. 하지만 나는 무턱대고 노화가 괜찮다는 말이 조금 거슬린다. 늙음은 슬픔이라고 생각하기 때문이다. 부모님을 곁에서 지켜볼 때 늙고 있다는 건 슬픈 일이다. 이제 훨씬 늙은 부모가 늙어가는 자식을 지켜보는 것이 사회문제가 되는 시대이기도 하다. 그것은 모두에게 슬픔이다. 시인 정현종이 그랬던가. '영원한 건 슬픔뿐이다.'

렘브란트 반 레인은 많은 자화상과 초상화를 그렸다. 그런데 평론가들은 젊은 시절을 그린 자화상과 초상화보다 〈늙은 유대인의 초상〉처럼 늙음을 사실적으로 그린 그림에 높은 평가를 한다. 안목이 낮은 나 또한 렘브란트 반 레인이 표현하는 늙음을 보면서 인생의 숨겨진 깊은 뜻을 조금이나마 헤아려보게 된다. 그렇지만 이러한 교훈과는 반대로 늙고 싶지 않은 것 또한 사실이다.

하여 20년 전쯤에 여동생이 연필로 그려준 나의 초상

화를 본다. 그리고 초등학교에 갓 입학한 조카가 얼마 전 연필로 그려준 나의 초상화도 본다.

두 초상화여, 제발 나 대신 늙어다오.

안젤름 포이어바흐 〈파올로와 프란체스카〉 1864

달콤쓸쓸

1275년에 이탈리아에서 실제 있었던 이야기로, 라벤나의 영주는 유력한 가문의 아름다운 딸인 프란체스카를 추한 절름발이인 데다가 성격 또한 잔인한 자신의 장남 지안 조토와 정략결혼을 시키고자 했다. 장남의 실체를 알면 결혼은 성사될 리가 없으므로 영주는 잘생긴 차남 파올로를 맞선 자리에 대신 내보내고, 둘은 첫눈에 서로에게 반한다. 예정된 비극대로 결혼 첫날밤에 신랑의 실체를 알게 된 프란체스카는 불행한 결혼 생활을 맞게 된다. 형수와 시동생이 된 프란체스카와 파올로는 어느 날 우연히 함께 책을 읽는데 그 내용은 원탁의 기사 랜슬롯과 아서 왕의 아내 귀네비어의 사랑 이야기였다. 둘은 윤리에 어긋난 사랑 이야기가 자신들의 그것과 비슷하다고 느끼며 이성을 잃고 달콤한 키스를 하게 된다. 이 순간을 목격한 지안조토는 칼을

뽑아 자신의 아내와 동생을 찌른다.

단테 알리기에리의 『신곡』에는 지옥을 헤매는 슬픈 영혼인 파올로와 프란체스카를 동정하는 장면이 나온다. 자신 또한 베아트리체와의 사랑이 이루어지지 못했기 때문에 그러했을까. 『신곡』 속의 이 씁쓸한 사랑 이야기에 매혹된 화가들은 각자의 느낌으로 이 둘의 이야기를 표현했다. 장 오귀스트 도미니크 앵그르는 파올로와 프란체스카의 키스 장면을 달콤하게 그렸고, 아리 셰퍼는 아름답지만 처연한 둘의 누드를 그렸으며, 오귀스트 로댕은 두 사람의 키스를 자신과 카미유 클로델에 빗대 관능적으로 조각했다. 그러나 나는 안젤름 포이어바흐의 그림이 가장 인상적이었다. 책을 읽고 있는 프란체스카의 옆모습이 너무나 아름답기 때문이다. 그 아름다움이 역설적으로 나를 씁쓸하게 만든다.

그림 속 프란체스카처럼 생긴 여자에게 용기를 내어 미술관에 같이 가자고 데이트 신청을 한 적이 있다. 하지만 씁쓸하게도 대구미술관에서 나 홀로 마르크 샤갈의 〈인생〉을 한참이나 쳐다봤다. 마르크 샤갈의 그림은 몽환적인 달콤함 때문에 도리어 씁쓸했다. 달콤씁쓸(bittersweet)이라니. 그런데 우리말과 영어를 입안에서 굴려보면 약간 느낌이 다르다. 우리말은 '달콤'이 앞에 나오고 '씁쓸'이 뒤에 있는데, 영어는 'bitter'가 앞서고 'sweet'가 뒤따른다. 아무것도 아닌 차이 같지만 달콤함 뒤에 따라오는 씁쓸함보다 씁쓸한 가운데 달콤한 것이 그녀에게 거절당한 나를 조금이나마 위로해 주는 것 같다. 어쩌면 말장난일 뿐이겠지만 말이다.

그리고 나는 그림을 보면서 이런 생각도 해본다. 어쩌면 지안조토가 가장 불쌍한 사람일지도 모른다고. 추한 절름발이였기 때문에 성격이 잔인해진 건 아닐까. 아름다운 남녀가 당하는 비극의 조연으로서 그에게 붙는 악명은 너무 과한 건 아닐까. 파올로와 프란체스카가 지옥에서 헤매는 동안 지안조토의 마음 또한 지옥 그 자체일 텐데 말이다. 우리나라의 미술가 유강열도 비슷한 경우인데 그는 사촌 형의 아내와 사랑에 빠져 함께 도망가 버린다. 사촌 형은 복수를 위해 항상 칼을 품고 다녔다고 한다. 그 사촌 형과 지안조토의 마음이 비슷하지 않을까.

자, 각설하고 이제 글을 마무리하자. 시인 이상은 「이런 시」에서 그만의 띄어쓰기로 인생과 사랑을 노래했다.

'내가 그다지 사랑하던 그대여 내한평생에 차마 그대를 잊을수없소이다. 내차례에 못올사랑인줄은 알면서도 나혼 자는 꾸준히생각하리라. 자그러면 내내어여쁘소서.'

이것은 내가 알고 있는 가장 달콤쌉쓸한 아니, 쌉쓸하지만 그럼에도 불구하고 인생과 사랑의 달콤함을 예찬한 시라고 생각한다. 만약 인생이 달콤한 케이크 그 자체이고, 'a piece of cake'란 표현처럼 마냥 쉽기만 한다면 우리는 가식적인 달콤한 맛만 알게 되는 것이지 않을까. 물론 그것도 행복한 일이겠지만 쌉쓸한 끝에 완성되는 『신곡』 같은 위대한 책이나 〈파올로와 프란체스카〉 같은 아름다운 그림은 만들어지지 않았으리라. 하여 언젠가 그녀가 박제되어 버린 나의 글을 그림 속 프란체스카처럼 읽게 되는 순간이 오면 베아트리체가 되어 내 마음의 한 자락을 발견할 수 있을 것이다.

'자그러면 내내어여쁘소서.'

물구나무 | **이수진**

캐나다 빅토리아대학에서 일본 역사와
젠더 이슈를 가르치고 있다.

이 이야기는 팬데믹이 막 시작되었을 무렵 불안한 일상을 극복해 보고자 거꾸로 서는 연습을 시작한 필자의 시시콜콜한 분투기이다. 정신없이 전개되는 하루의 중간 지점에 아메리카노에 곁들여 먹는 달큼한 당근케이크는 잠시나마 일상의 피난처가 된다. 당근케이크를 다 먹고 나면 일상이 편안해질 거라는 건 물론 착각이다. 케이크를 아무리 먹어도 일상은 종종 내 통제 범위를 벗어난 채로 정신없이 흘러간다. 팬데믹 시대에 전개된 일상의 변화는 통제 가능성이 거의 보이지 않을 정도로 압도적이었다.

팬데믹 초기, 타지에서 갑작스럽게 고립된 생활을 이어나가야 했던 필자는 물구나무 수련을 통해 피난처를 찾았다고 믿었지만 아이러니하게도 달큼한 피난처는 존재하지 않는다는 것을 통해 뉴 노멀(new normal) 시대를 버텨내고 있다.

팬데믹, 일상의 고립감

전 지구적 전염병이 아직 전 지구적 규모로 퍼져나갈 거라고 누구도 확신하지 못했던 때, 내가 사는 캐나다의 작은 도시에도 불안한 공기가 스며들었다. 돌이켜보면 확신하지 못했던 것이 아니라, 보이지 않는 바이러스의 움직임을 애써 부인하려고 했던 사람들이 대다수였다. 애초에 보이지도 않고 보고 싶지도 않은 것이니 없다고 믿으면 그만이지만 두더지 게임처럼 언제 어디서 튀어나올지 모르는 바이러스에 대한 두려움은 쉽게 진화되지 않았다. 일상이 불안으로 잠식되어 가던 어느 날, 기어코 내가 익숙했던 세상이 멈추고야 말았다. 잿빛의 덥수룩한 수염을 한 트뤼도 총리가 전 국민에게 "집에 있으라(stay home)."라고 호소하는 담화문을 발표했고 각 주에서는 비상 사태령이 내려졌다. 이윽고 내가 근무하는 학교에서는 하루아침에 온라인 수업으로 전환하여 남은 학기를 비대면 수업으로 마무리하라는 공지가 날아왔고 식당이나 카페는 포장 판매만 가능해졌으며 접촉이 많은 서비스업종은 아예 영업이 중지되었다. 자주 가던 슈퍼마켓 계산대에는 아크릴 칸막이가 세워졌고 캐나다와 미국 사이의 국경은 9·11 사태 이래 처음으로 닫혀버렸다. 물리적인 벽을 두고 서로 반대편에 서게 된 나와 타인과의 심리적 거리가 왠지 실제 거리보다 멀게 느껴졌다. 벽 덕택에 바이러스로부터 보호받을 수 있다는 안도감을 압도한 것은 고립감이었다. 다른 이들과 완벽하게 분절된 채로 나를 지켜내야 하는 전염병 시대의 생존 방식은 이제까지 느껴본 적 없는 본질적 고립감을 경험하게 해주었다.

그렇게 갑작스럽게 집에 갇혀버렸다. 집에 있는 것이 아니라, 갇혀버렸다고 하는 것이 정확하다. 유학과 함께 시작된 십여 년 동안의 싱글라이프에서 집은 하루의 피로를 마감하는 안식처이자 낯선 언어, 이질적인 삶의 방식으로부터 잠시나마 벗어날 수 있는 피난처였다. 몸과 마음을 쉬게 할 수 있는 유일한 공간이었던 집이 비상 사태령이 내려

진 시국 때문에 전혀 다른 공간처럼 느껴졌다. 나와 내 이웃을 지키기 위해 집에 있어야 한다는 비상시국의 원칙을, 머리로는 충분히 이해하면서도 바로 그 정언명령 같은 원칙 때문에 집이 창살 없는 감옥처럼 변해버렸다. 나를 피곤하게 하던 직장과 인간관계, 종종 피하는 것이 더 편했던 낯선 이들과의 담소가, 오히려 그리워졌다. 동료들과 수다 떨던 사무실의 복도라든가, 점원들과 시시껄렁한 이야기를 나누던 카페를 피난처로 삼고 싶어질 만큼 집이 낯설어졌다.

낯설어진 내 집에서 고립된 생활을 얼마나 오랫동안 이어나가야 할까. 내로라하는 전염병 전문가도, 정책 결정 주체인 정부도 딱히 명확한 답을 가지고 있는 것 같지는 않아 보였다. 전례 없이 빠르게 퍼져나가는 코로나바이러스에 비하여 인간이 가진 통제권은 너무도 미약했다. 확진자 숫자를 조금이라도 줄여보고자 인간이 할 수 있는 일이라는 게 고작 거리두기와 외출 자제 혹은 격리 따위의 물리적 조처라니, 인간이 이룩해 낸 과학기술의 발전이 생각만큼 대단치 않아 보였다. 눈에 보이지 않을 만큼 작은 바이러스 하나에 전 세계가 들썩일 정도라면 인간은 재해 앞에 여전히 무력한 존재가 아닐까 하는 근본적인 회의에 다다랐다. 통제 불가능한 상황에서 무력감에 빠지지 않고 하루하루를 버텨나가기 위해서 미약하게나마 내 일상의 일부라도 주체적으로 꾸려나가고 싶어졌다. 내가 통제할 수 있는 일상의 한 조각이 있다면 언제 끝날지 모르는 고립된 생활을 제정신으로 이어나갈 수 있을 것만 같았다.

통제할 수 있는
일상의 한 조각이 있다면

그래서 매일 아침 요가를 시작했다. 요가 매트 하나가 겨우 들어갈 만한 작은 복도 공간에 나만의 요가 스튜디오를 만들어놓고 아침에 일어나면 따뜻한 물 한 잔을 마신 후 짙은 녹색의 요가 매트에 앉았다. 팬데믹 시대 이전에 디지털 시대가 도래한 건 그나마 다행인 일이다. 유튜브에 업로드 된 수많은 요가 수련 비디오를 재생하기만 하면 직접 스튜디오에 가지 않고도 집에서 수업을 받을 수 있었다. 좋아하는 요가 유튜버의 비디오를 틀어 놓고 매일 아침 30분에서 1시간 남짓한 시간 동안 물 흐르는 듯 이어지는 요가 동작을 묵묵히 따라 했다. 빈야사 플로우라고 불리는, 호흡과 동작의 흐름에 집중하는 요가 스타일이 유독 내 몸에 잘 맞았다. 빠른 리듬으로 진행되는 동작의 역동성이라든지, 유연성뿐만 아니라 코어를 강화하는 동작의 매력 덕분에 아침의 수련을 끝내고 나면 마치 고강도 근육운동을 끝내고 난 것처럼 뿌듯한 기분이 들었다. 수련 후 이마와 목에 송골송골 맺히는 땀은 찝찝함이 아니라 성취감의 징표였다.

빈야사 플로우를 구성하는 동작들은 대체로 자연이나 사물, 혹은 그것들과 관계를 맺는 인간을 형상화한 이름으로 불린다. 태양 경배 자세, 전사 자세, 개 자세, 코브라 자세, 나무 자세, 비둘기 자세, 거북이 자세, 돌고래 자세 등 동작의 모양을 보면 대략 어떤 모습을 형상화한 것인지 유추할 수 있을 정도이다. 그 직관성이 마치 상형문자와 같아 몸으로 언어를 습득하는 듯한 인상을 주기도 한다. 직관적인 매력에 끌려서였을까. 나는 대학원에 들어가 학업을 본격적으로 시작했을 무렵부터 요가에 빠져들었다. 논문이나 여타 학문적인 글쓰기에 집중해야 하는 시기에는 여지없이 요가 스튜디오에 찾아가 몸을 움직이는 방식으로 휴식했다. 매일같이 수련할 정도의 부지런함은 갖추지 못했으나 일주일에 한두 번 정도 한 시간 내내 쉼 없이 이어지는 직관적인 동작을 따라 하다 보면 복잡하게 얽힌 머릿속 실타래가 가지런히 정리되는 듯한 기분이 들었다.

소소하지만
희망적인

요가를 처음 시작한 지 십 년도 훨씬 넘었으니 요가와의 인연이 꽤 길었다고 할 수 있는데 수련이 부족해서였을까, 태생적인 유연함에 의지하여 코어를 제대로 기르지 못한 탓일까, 여전히 따라 하지 못하는 동작이 몇 가지 있었다. 그중의 하나가 바로 물구나무서기였다. 머리를 바닥에 대고 다리를 서서히 들어 올려 거꾸로 서는 동작인 물구나무서기는, 흡사 연모하지만, 쉽사리 다가갈 수 없는 이성 같은 존재였다. 거꾸로 서려다가 뒤로 넘어지면 어떡하나, 목이 꺾이거나 부러지지는 않을까, 물구나무를 시도하기도 전에 오만가지 걱정이 앞서 시도조차 못 해본 것이 꽤 오래되었다. 격리 생활이 시작되고 규칙적인 요가 수련을 결심한 후 물구나무에 대한 구질구질한 연모를 그만두고 되든 안 되든 고백이라도 해보자는 심정으로 시도해 보기로 했다. 물구나무서기를 해낼 수 있다면 통제 가능한 것이 하나쯤 더 늘어나게 되는 것이니 내 고립된 일상에도 서광이 비칠 것만 같았다.

근육이 어느 정도 긴장과 이완을 반복하고 난 후 아침 수련의 마지막 즈음 물구나무서기 자세를 배치하여 몸을 다치지 않도록 만반의 준비를 했다. 그러나 마음의 준비만은 좀처럼 쉽지 않았다. 직립보행을 하는 인간이 거꾸로 서서 몸에 낯선 감각을 깨우는 시도에는 일단 공포를 제거하는 일부터 선행되어야 했다. 낯선 감각에 대한 공포를 덜기 위해 나는 단단한 벽을 이용하기로 했다. 돌고래 자세로 엉덩이를 최대한 높이 들어 다리를 몸 가까이 가져간 다음 반동을 이용하여 오른 다리, 왼 다리를 차례로 들어 올렸다. 오래된 차에 시동을 걸듯 몇 번의 반동 끝에 두 다리 모두 벽에 안착했고 어느새 나는 벽에 의지하여 거꾸로 서 있었다. 바닥에 가까워지자 일상에서 흔히 보이지 않던 나무 바닥의 질감과 떨어진 머리카락, 청소기가 미처 빨아들이지 못한 먼지가 보였다.

'해냈다!'

거꾸로 서기를 해낸 자신이 기특했다. 어떤 이에게 별 것 아닐 수도 있는 물구나무가 나에겐 별거 중의 별거였다. 비록 벽에 의지하기는 했으나 내 몸으로는 불가능하다고 믿었던 미지의 영역이 내 의지와 노력만큼 변화되는 과정을 경험으로 터득했다. 통제 가능한 일상의 조각을 찾고자 시작한 아침 요가 루틴을 통해 소소하지만, 희망적인 삶의 가능성을 맛보았다. 언제가 될지 모르겠지만 팬데믹 시대가 끝나고 나서 누군가가 나에게 팬데믹 시간 동안 무엇을 성취했냐고 묻는다면 자신 있게 물구나무라고 대답하리라는 상상에 빠져보기도 했다.

넘어져도 돼

삶은 한 번의 성취나 하루의 행복으로 완성되는 것이
아님을 깨닫는 데는 그렇게 오랜 시간이 걸리지 않았다. 어
느 날은 물구나무서기가 수월치 않았고 또 어느 날은 몹시
도 피곤하여 아침 요가 수련이 귀찮아지기도 했다. 팬데믹
은 장기전에 접어들었고 재택근무와 비대면은 더는 임시
적 일상이 아니라 뉴 노멀 (new normal), 즉 새로운 질서
가 되어버렸다. 한 번의 물구나무서기로 터득했다고 믿었
던 삶의 지혜는 일상성이 완전히 변화된 시대에 위태롭게
유지되었다. 외부의 상황과 관계없이, 혹은 외부의 상황에
도 불구하고 흔들리지 않으며 하루하루를 버텨낼 수 있을
까. 팬데믹 시대가 연장될수록 삶의 불확실성에 대한 불안
감 역시 차츰 깊어져 갔다.

첫 아침 요가 루틴을 시작한 지 일 년 반 남짓한 시간이 지났을 때쯤 우연히 어느 동영상을 접했다. 어떤 연예인이 지인에게 물구나무서기 자세를 가르치던 에피소드였다. 거꾸로 서는 것이 무섭다는 지인에게 그 연예인이 호기롭게도 "넘어져도 돼. 넘어져도 안 다쳐."라고 말하며 다독이는 장면에서 마음이 울컥해졌다. 거꾸로 선다는 것에 대한 공포 때문에 그동안 벽에 의지해 왔던 나이기에 넘어져도 된다는 말이 마치 나에게 하는 말인 것처럼 들렸다. 넘어져도 괜찮다는 말을 이제까지 왜 자신에게 해주지 못했을까. 넘어지면 안 된다는 말은 수없이 되뇌었지만, 넘어져도 실은 크게 상처받지 않을 거라는 말을 자신에게 해본 적은 없었다. 물구나무도, 나의 일상도, 그리고 불확실성으로 점철된 삶도, 어쩌면 위태로우면 위태로운 대로 넘어지면 넘어지는 대로 흘러가는 과정일 터인데 그동안 나는 통제 가능한 안전 구역에서 넘어지지 않고 버텨내어야 한다는 강박에 사로잡혀 있었다.

흔들릴 준비로
맞선다

그날 이후로 나는 벽에 기대지 않고 물구나무서기를 연습했다. 내가 넘어져도 붙잡아 줄 것이 없는, 요가 매트의 얇은 쿠션만이 내 몸을 지탱하는 공간에서 거꾸로 서기를 연습했다. 벽에 기대어 시도했을 때만큼 물구나무서는 것이 수월하지는 않았다. 돌고래 자세에서 오른 다리를 올리고 왼 다리를 올리려는 순간 코어 근육이 몸을 지탱할 만큼 강하지 못해서 오른 다리가 바닥으로 떨어지고 말았다. 몸의 중심을 더욱 단련해야겠다 싶어 며칠 동안 스쿼트와 플랭크 운동을 집중적으로 했다.

몸은 거짓말을 하지 않는다는 말은 진부하지만 진리였다. 코어를 키우고 나니 두 다리 모두 배와 허리의 힘으로 들어 올릴 수 있었고 약간의 흔들림에도 불구하고 벽 없이도 거꾸로 섰다. 넘어지면 안 된다는 부정 명령보다 넘어져

도 괜찮다는 솔직한 현실 인식이 훨씬 강하다는 사실을 몸소 증명해 낸 순간이었다.

팬데믹 시대가 여전히 진행형인 요즘, 나는 더는 매일 요가 수련을 하지 않는다. 요가 수련이 필요하지 않을 정도로 웬만한 요가 동작을 섭렵했거나 정신력이 단단해졌기 때문은 물론 아니다. 여전히 요가는 매번 처음 하는 것처럼 새로운 몸의 감각을 일깨우며, 수련하는 날의 컨디션에 따라 특정 동작이 잘되지 않는 날도 비일비재하다. 몸의 상태가 하루하루 다르듯 마음 역시 어떤 날은 희망에 벅차올랐다가도 또 다른 날은 온 세상의 불행이 나에게 집중된 듯한 감정의 수렁에 빠지기도 한다. 그런데도 물구나무서기가 잘 되는 날은 '오늘은 해냈다.'라는 말로 자신을 응원하고 잘되지 않는 날은 '다음에 다시 하지 뭐.'라고 지나갈 만큼의 여유가 생겼다. 또한 요가 대신 집 주변을 산책하거나, 그날의 기분에 어울리는 음악을 듣거나, 늦잠을 자는 등의 유연함도 길렀다. 혹여 물구나무를 하다가 넘어지더라도, 크고 작은 고난으로 일상이 흔들린다고 하더라도, 허구의 피난처를 찾기 위해 애쓰기보다는 넘어질 준비, 흔들릴 준비로 맞선다. 넘어져도, 흔들려도 내 코어는 생각했던 것보다 강하게 버티고 있음을 비로소 깨달았다.

역경의 서사에서
사사롭게 고군분투

　타지에서 혼자 사는 사람의 격리 생활이 가장 불행하거나 비참한 상태였다고 생각지는 않는다. 세계 각국의 코로나 관련 지표들에 따르면 코로나 이후 봉쇄정책이 시행된 많은 나라에서 가정폭력이 증가했고 가사 노동의 젠더 불평등도 심화하였다. 가족에 의한 끔찍한 폭력을 견뎌야 하는 누군가에게 격리는 감옥을 넘어 지옥 같은 경험이었으리라. 또한 코로나 시국으로 직장을 잃거나 경제적으로 타격을 입은 사람들에 비하면 나는 온라인 수업을 진행해야 하는 약간의 '불편함'만을 견뎌 냈을 뿐이었고 위험을 감수하면서까지 생업 전선에 뛰어든 이들과는 달리 안전한 비대면 공간에서 경제활동을 이어나갈 수도 있었다. 위험에 노출된 채로 공동생활을 한다든가 노숙을 하는 이들에 비한다면 혼자 사는 사람의 처지는 호사라고까지 부를 수 있을 만큼 한참이나 나은 상황이었으리라. 그런데도 갑작스레 펼쳐진 대전염병 시대에 혼자 집에 갇혀 있게 된 내 처지가 유쾌했다고 말할 수는 없다. 예측 가능성이 사라진 일상을, 홀로 집에서 살아내어야 했던 2020년의 봄은 코로나바이러스로 인해 만들어진 무수한 역경의 서사들 속 어딘가 희미하게 자리하고 있지는 않을까. 그리고 나처럼 사사롭게 고군분투했던 그 누군가의 서사와 보이지 않는 끈으로 연결된 것은 아닐까.

**길 위의
당근케이크**

홍순창

지식거간꾼. 토담미디어 대표.
책 만드는 일을 하며 가끔 사진을 찍는다.

일상에서 만나는 평범한 존재들의 표정은 얼핏 무심하다.
길을 걸으며 만나는 사소하고 흔한 풍경의 의미를
우리는 당최 알 길 없다. 그러나 가만히 들여다보면
무슨 이야기가 들리기도 한다.
진짜야. 길 위에서 만나는 작은 소리에 귀 기울여 봐.

심시매

'심시매, 심시매……'

심심하지?

그냥 계속 심심해도 괜찮지 않을까?

어떤 날은 지루한 것도 재밌어.

달콤뽀짝

누군가의 집을 짓는다는 것은 내 삶을 지어가는 과정.

그대의 집이 내 삶과 겹쳐지는 순간 순하게 놓이는 벽돌 한 장……은 개뿔! 엄청 되다. 쉬었다 하자. 간식타임이여 영원하라.

애국소년

비록 '책 읽는 소녀'와 함께
시골 폐교를 지키는 신세로 전락했지만
구국의 횃불만큼은 놓을 수 없다.
'알고 보니 라이온 킹도 순둥이였어.'

탕진

노세 노세.

열심히, 최선을 다 해 놀자.
남은 흥 탕진하고
저축해서 또 놀자.

마을버스

저녁 어스름,
퇴근길 지하철에서 내리면
비틀거리며 동네 언덕을 올라가는
마을버스가 기다리고 있어.

반가워!

어때! 무섭지?

어익후!

크허엉~ 내가 이 동네 짱이닷!

꽃과 노인

믿어져?

나도 한때 꽃이었……

쉿!

우리 죽었어?

응! 이제 가만히 있어야 해.

먹고사는 일

객차 내에서

허리 보호대를 파는 것도

이를 단속하는 것도

찍거나 바라보는 것도

다 먹고사는 일.

영업부 아침 스탠딩회의

김 대리, 요즘 뭔 일 있어?

이게 뭐야, 복장 좀 단정히 하고……

꼽냐?

세상 원래 그런 거려니 해라.

뭘 해도 안 되는 때 있고

이렇게 날로 먹는 때도 있는 거야.

마음 방구 | 김보현

멍상가. 느림보 편집자.

'마음'이라는 말을 자주 씁니다. 초보자처럼 보일 수 있어 그러지 않으려 해도 마음이라는 말을 자주 사용하게 됩니다. 프로페셔널한 사람이 되려면, 훌륭한 저자들을 상대하는 냉철하고 이성적인 편집자가 되려면, 멀리해야 할 것 중에 하나이지만, 마음은 탈출의 명수, 은둔의 고수인지라 꼭꼭 숨겨 놓아도 어딘가로 쉽게 내빼어 다시 숨어들곤 합니다.

마음과 일의 관계가 유연하고 병목 현상 없이 명쾌하게 일 처리를 잘하는 사람이라면, 마음이 뭔 대수냐고 생각할 수 있을 겁니다. 하지만 나는 일과 마음의 갈래에 놓이면 고민을 많이 하는 편입니다. 어떤 때는 대처가 신속하지 못해 걱정의 소리를 듣기도 합니다(한마디로 할 소리를 잘 못합니다). 때로는 이 직업에 어울리는 사람이 아닌 것 같아 스스로를 자책도 많이 합니다(물론 다른 직업을 골랐어도 같은 고민을 했을 것 같습니다).

그래서 마음을 꽁꽁 숨겨두기로 했습니다. 하지만 마음을 들키지 않으려는 생각 때문에 좋은 걸 좋다고 말하지 못하고 무언가를 계속 담아두는, 스스로도 매우 답답한 사람이 되었습니다. 프로페셔널로 나아가는 외로운 수련이라며 위안 삼기도 했지만, 나에게 맞는 적당한 균형을 찾지 못하고 외길로만 치달으니 더 답답해졌고, 더 가까워지지 못했으며, 삶의 속도는 점점 더 느려졌습니다.

다른 이의 방법을 참고하려던 게 나를 깎아내리는 기준이 되었기 때문입니다.

밖으로 털어내지 못하는 무안한 감정, 실수는 소화불량처럼 계속 쌓이게 되었고, 그 더부룩한 마음을 주체할 수 없게 되었습니다.

"뽀옹~"

그래서! 슬그머니 마음을 뀌기 시작했습니다. 방구처럼(표준어는 방
귀지만, 저는 방구가 더 좋습니다).

숨겨둔 것은 어떻게 해서든 표시가 나는 것 같습니다. 평생 뿜어내
야 할 마음의 총량이 있을 텐데 억지로 감춰도 감춰지는 게 아니었
습니다. 원래 그렇게 태어난 사람은 표시가 나기 마련입니다. 그래
서 숨기지 않기로 했습니다. 다만, 강조하건데 프로페셔널을 지향하
는 편집자로서 좀 더 함축적이고 정제된 언어, 개성을 살린 세련된
감성으로 이름 붙여주고 마음의 소리에 귀를 기울이기로 했습니다.
이름 하여 '마음 방구!'

넘어지는 게 두려워 천천히 페달을 구르면 자전거는 넘어집니다. 마
음도 그럴 것 같습니다. 내가 편안히 마음을 쓸 줄 알았으면 합니다.
중심을 잡으려 의식하지 않고도 편안히 마음이 내달릴 때까지 열심
히 마음 방구를 뀌어 보겠습니다.
뽀옹하는 방구 소리에 같이 웃어주고, 슬퍼해 주고, 부끄러워해 주
면 고마울 것 같습니다.

마음 방구

뽀옹……..

ps.
마음 방구
주말이니까 눈치보지 않고 마음껏 뀌겠습니다.

그런데 이상한 게
방구란 건 마음먹고 준비하고 있을 땐
잘 안 된단 말입니다.

앞으로는 주말에도 자연스럽게
방구를 더 잘 뀔 수 있게 연습을 해봐야겠습니다.
별걸 다 바라봅니다.

마음이 넘어질 것 같은 날, 이런저런 생각들로 마음이 복잡할 날에 마음 방구를 뀝니다. 새로운 각오로 나를 다독여주고 싶은 날도, 어떤 이가 미워 죽겠는 날도, 그리고 사소한 발견으로 일상에 시시한 농을 걸어보고 싶은 날에도 마음 방구를 뀝니다.

엉뚱하고 헛소리 같은 생각들이지만 멀리 돌리고 돌려 진심을 말하기도 하고, 사소한 일에 쉽게 복잡해지는 나의 마음을 다잡기도 합니다.

여러 면에서 서툴고 아쉬운 부분들이 많다고 스스로를 생각합니다. 더 잘하고 싶고 의욕적으로 무언가를 해냈으면 하는 바람도 아주 강렬하게 갖고 있습니다. 관심조차 없다면 이런 고민도 없을 텐데, 해보고 싶은 건 많지만 성격이 왜 그렇게 안 따라주는지 여기에서 오는 괴리가 아주 큽니다.

너무 진지하다 보니, 진심이다 보니, 여기서부터 문제가 시작되는 것 같습니다. 가벼워지지 못해서 좋아하는 것들도 막상 하려면 긴장이 되고 스트레스가 되는 일이 돼버립니다. 이런 때는 어린 시절에 동생처럼 만화책을 실컷 읽었어야 했다는 쓸데없는 생각도 듭니다. 배꼽을 잡고 방바닥을 구르던 동생보다 더 많이 웃었더라면 걱정도 덜하고, 덜 진지한 삶을 살지 않았을까요.

그래서 결론이 뭐냐면 마음 방구는 '진지하다 못해 때론 비장미 넘치는 나에게 실수와 실없음 가장하여 어려운 상황을 어물쩍 넘기고, 팽팽해졌던 마음을 느슨하게 풀어 마음의 무게를 줄이는 방법'입니다.

마음 방구가 있어서 넘어져 보는 것도 덜 무서워하게 되었고, 잘 넘어지는 방법도 배우게 되었습니다. 그리고 이왕 넘어지는 거 깔깔거리며 재미나게 넘어져 볼 수도 있겠다는 생각도 듭니다.

'나는 왜 그럴까' 하고 속상해 하기보다는 '그래서 어쩌란 말이냐?' 하고 덤벼보는 게 마음 방구가 도달해 보고 싶은 최종 목표입니다.

생각의 미래

생각은 생각을 낳는다?

......

생각은 더 큰 생각을 낳는다.

애당초 생각을 말자

ps.

머릿속이 하얘졌을 때

뭐라도 꺼내려면

그래도 생각을 해야 하지 않을까?

그것도 하면서 생각해 보자!

생각이 많다 보니 걱정도 많습니다. 성격이 치밀하고 꼼꼼한 것도 아니라서 걱정만 많지 계획은 늘 허술하기 짝이 없습니다. 임기응변도 상당히 약한 편이라 전전긍긍 진땀 열전을 벌이기 십상이고, 어설픈 능력과는 달리 기대는 엄청 높아서 일을 끝내고 난 뒤, 진지한 좌절에 빠지기도 합니다.

"일이 빠른 것도 아니고, 느리다면 완벽하기라도 해야 할 텐데……."

이 말은 편집자가 사회초년생이던 시절, 아직 출판이란 세계에 발을 들여놓기 전에, 나이가 10살이나 많았던 직장 선배에게 종종 들었던 말입니다. 마음씨 고운 대리님은 시간 내에 마무리하지 못한 내 일을 대신 처리해 주셨는데, 그러면서도 꾸중 한 번 내지 않으셨습니다.

일하는 법도 차근차근 알려주셔서 그 덕분에 나는 거북이처럼 느려터지게라도 일을 배우고 사회생활의 맛을 알아갈 수 있었습니다.

당시 나는 대리님이 너무 고마워서 대리님의 예쁜 손을 칭찬해주고 싶었는데, 조사 '은'을 잘 못써서 아주 배은망

덕한 무례를 범하고 말았습니다.

"대리님, 대리님 손은 참 예쁘네요."
"뭐? 딴 데는 아니란 말이가?"

아차! '손은'이 아니라 '손도'였는데 하는 눈물 젖은 후회가 머리를 스쳤지만 조사 '은'은 이미 대리님께 나의 속마음을 고스란히 까발리며 고자질을 해버린 상태였습니다. 혼자 살던 대리님이 아프면 죽을 쒀다 줄 정도로 워낙 허물없이 지냈던 사이라, 별일 아닌 듯 넘어갔지만 칭찬을 해드리려다 미안함만 쌓는, 쥐구멍은 이런 때 찾는 거라는 뼈저린 교훈을 새겼던 날이었습니다.

어쨌든 시간이 제법 지났음에도, 여전히 숙련의 시간은 아직 마주하지 못한 것 같습니다. 직장 선배의 말대로 이것도 저것도 아닌 어중간한 경계에 있는 사람인 채 머물러 있는 것 같습니다. 다른 이의 조언을 참고도 해봤지만 결국에는 누구의 조언도 나에게 먹히질 않았습니다(나는 남의 경험을 찰떡처럼 잘 활용하지 못하는 걸까요?). 빌려 쓰기를

한참 해본 끝에 돌고 돌아 깨닫게 된 것은 남이 아니라 나의 중심이, 나의 기준이 중요하다는 아주 원론적인 결론뿐이었습니다.

남과의 비교를 끝내지 않고서는 나는 늘 어중간한 상태에 머물러 있는 사람이 될 수밖에 없는 것 같습니다. 숙련을 향해 달려야겠지만, 어떤 방법, 어떤 태도를 고르느라 주저하기보다는 나의 확고한 기준과 순서를 가져보렵니다.

중요한 것은 나는 책 만드는 걸 좋아하고, 책 속에 담긴 이야기들을 즐기며, 많은 저자를 만나 함께 일하는 걸 좋아한다는 것입니다.

좋다면 그냥 걸어가면서 고민하는 수밖에요. 너무 많은 이유를 찾으니 내가 좋아하는 것조차 자꾸 의심하게 됩니다.

딱 세 가지만 생각하렵니다. 좋아하는 일! 좋아하는 사람! 좋아하는 책! 가다 보면 언젠가는 속도도 완벽함도 조금 더 갖출 수 있겠지요.

멍충만

우주는 멀지만
가까운 데에도 있습니다.

네모난 책상 위에 네모난 컴퓨터
한 뼘의 거리를 두고 마주하는 세상이지만
그 안에서도 우주를 만날 수 있습니다.

나에 대해 늘 부정적인 것만은 아닙니다. 가끔은 스스로에게 천부적인 재능을 발견하고 놀라워하기도 합니다. 나의 신통방통한 능력은 주로 사는 데 도움이 안 되는 쓰잘데기 없는 분야에 주로 분포하는데 그중에 하나가 '멍때리기'입니다.

할 일을 앞에 두고 멍때리기, 그러니까 멍충만의 시간을 선행해야 머리가 돌아가고 일할 마음이 생기며, 몸이 작동이 되니, 특히나 같이 일하는 사람들에게는 죽을 맛일지 모릅니다. 효율을 따지는 세상이니 가성비면에서 완전 별로인 편집자일 수 있겠습니다.

멍충만이 당장은 일을 방해하며 더디게 만들 수 있지만, 결과적으로 돌고 돌아 나에게 이롭게 작용할 거란 믿음이 있습니다. 아무런 바람이나 열망이 없이는 내가 작동이 되지 않으니까요.

스위치 온!
그동안 동경하고, 빠져들고, 기대를 품었던 멍충만의

시간이 언젠가는 훌륭한 연료가 되어 나를 활활 태워주길 바랍니다. 효율과 비효율 사이에서 늘 고민은 해야겠지만, 불가능을 생각하며 뛰는 사람과 가능을 생각하며 뛰는 사람은 다르다는 것도 항상 기억하며 달리겠습니다. 별안간 코앞에다 우주를 만들어놓는 난데없는 계획이라도……

열심히 멍충만!

잘 살기 위한 연구

잘 살기 위해

정말 많은 것들을 연구하고 있습니다만!

ps.
그럴 시간에 일을 더 했다면
애당초
연구할 일도 없을 텐데 말입니다만!

잘 살기 위한 연구는 대략 이런 것들입니다. 초심자처럼 보이지 않도록, 딱 부러지는 편집자가 될 수 있도록 업무 노트를 만들어 꼼꼼히 진행되는 상황들을 정리합니다. 오늘 반드시 해야 할 일들부터 이번 주 이번 달 내에 끝내야 할 일의 체크리스트도 만듭니다. 그리고 중요한 사항들을 놓치지 않기 위해서 최소한 빨간색 하나 정도는 섞어가며 업무노트를 정리합니다.

그다음에는 나를 길들이고 변화시키기 위한 매일의 습관과 소소한 계획들도 서너 개쯤 만들고 잘 점검할 수 있도록 합니다.

페이스북, 인스타, 블로그 등에서 참고할만한 글도 정리하면서 언제 쓰일지 모르지만 불현듯 아이디어를 찾게 될 때를 대비해 둡니다.

계획만 휘황찬란해도 소용이 없으니까, 나는 쉽게 좌절하고 쉽게 슬퍼하는 타입이니까, 이에 대한 철두철미한 대비도 필요합니다. 예를 들어 '나는 산을 옮기는 중'이라던가 '산을 옮기는 사람은 작은 돌멩이부터 시작한다'와 같은 성공을 좀 해본 사람들이 할법한 소리도 나의 다짐처럼 같이 적어 놓습니다.

계획적인 사람이 된 것 같고 일이 잘 되고 있다는 이 기분 좋음을 마칠 즘, 무언가 이뤄낼 것 같은 느낌이 들면서 가슴이 벅차오르는데, 그 뭉클한 감동을 그냥 접기 아쉬우니 명충만의 시간으로 마지막 피날레를 장식합니다.

어느덧 퇴근 시간, 집으로 가려는데 왠지 디자인팀에게 눈치가 보이고, 갑작스레 연락을 기다리던 사람들이 줄을 이어 떠오릅니다. 아직도 끝내지 못한 교정지, 결정을 내지 못한 사항들. 뭔가 헛헛함이 차오르고 '나는 오늘 밥값을 했는가?'라는 스스로의 질문에 고개가 자꾸 숙여집니다.

"산을 옮기는 사람은 작은 돌멩이부터 옮긴다……."

방금 전 수첩의 한 페이지가 떠오릅니다. 오늘의 잘 살기 위한 연구는 꽤 성공적이었지만, 어쩐지 마음의 위로를 주지 못합니다. 코앞의 마감! 그러니까 발등의 불을 끄려면 내일은 숨도 쉬지 말고 쥐 죽은 듯 일해야겠습니다.

망한 기분

망한 기분이 들 땐

어떻게 하나요?

커피라면 그냥 먹겠습니다만.

'틀렸다'라는 소리를 들을까 봐, 누군가와 불편해지는 게 두려워서 완벽해지기 위해 끙끙대다 보면 드는 생각이 틀리지 않고는 절대로 완벽해질 수 없다는 겁니다. 최소한 한 번은 맞는지 틀리는지를 알아야 방향도 정하고 중심도 잡을 수 있습니다. 실패는 꼭 필요한 과정 같습니다. 다시 고치면 되니까 마음 편히 틀려보겠습니다.

그래서 하고 싶은 말이 뭐냐면, 지금 많이 망한 것 같습니다. 하지만 숭늉보다도 못한 멀건 다방 커피도 마시는 사람이 있을 테니까, 숭늉 같은 니 맛도 내 맛도 아닌 이 글도, 다음을 위한 과정이란 걸 분명 강조하고 싶습니다. 망하면 망한 대로.

아껴먹는 금요일 밤

귀찮은 마음, 뭔가 해보고 싶은 마음 사이에서
오락가락하다 운 좋게도
밤을 낚는 중입니다.

오늘은 뭔가 해보고 싶은 마음이 이겼습니다.

금요일 밤을 잠에 홀딱 넘어가
순식간에 토요일 아침을 맞지 않으려면
만화책도 보고
그림도 그리고 하면서
금요일 밤을 아껴 먹어야겠습니다.

성격이 야금야금 얌스럽다고 흉보지 말아 주세요.

할 일도 다했고, 독촉받을 전화도 없는데 뭔가 허전한 마음이 들어 퇴근을 못할 때가 있습니다. 의자에 앉아서 정리하고 수첩도 들여다보지만 일을 더하고 싶은 것도 아니라서 '나는 왜 집에 가질 못하는 건가?', '이 헛헛함은 무얼까?' 하는 생각을 하게 됩니다.

그러면 슬금슬금 마음이 피어오르며 '진짜 내 것이 오늘 하루 중에 있었을까?' 하는 생각에 멈춰 섭니다. 하루 종일 내 맘대로 물 쓰듯이 시간을 쓰며, 내가 하고 싶은 것을 했는데도 말입니다.

언젠가부터 아이유의 노래를 들으면 부러워집니다. 한여름 이른 아침에 만난 나팔꽃 같은 감성으로, 때로는 세련되고 센스 넘치게, 개구지게 자신의 색깔로 음악을 하는 아이유를 보면 참 대단하다는 생각이 듭니다. 악동 뮤지션의 음악을 들을 때도 그렇습니다. 동화 같기도 한, 때론 시시콜콜한 단 한 줄의 이야기였을 텐데, 천재 아닌가 싶을 만큼 어느 누구도 닮지 않은 그들만의 감성이 참 부럽습니다.

하루 종일 샘플 타령을 하며 책 고민했는데, 샘플 같은 건 애당초 고민조차 해보지 않았을 것 같은 그들의 색깔이 얼마나 나를 감동시키고 동요하게 만드는지……. '나만의 것'이란 말이 언젠가부터 마음에 들어와서 콕콕 박힙니다.

특별해서 특별한 게 아니라, 시시하고 그저 그런 이야기를 특별하게 만들 줄 아는 사람. 나만의 이야기를 전할 수 있는 사람이 되어야겠습니다. 그러기 위해서는 내 안의 것들을 더 많이 들여다보고, 밖으로 꺼내 놓는 연습을 해야겠습니다.

언젠가 한 번쯤은 나도 펄펄 끓어 넘쳐보고 싶습니다. 적당한 온기를 품은 차 한 잔이 시끄러운 소리를 내며 요란해질 정도로 펄펄 끓는 상상을 해봅니다. 좋아하는 것들을 물리치지 않고 꾸준히 해나간다면 그 언젠가가 지금이 될 수도 있습니다만.

이만 퇴근하겠습니다

이만 퇴근하겠습니다.

ps.
커피도 마시고
다방 커피도 마시고
물도 마시고
스콘도 한 개 먹고

오늘 한 건 별로 없지만
뿌듯한 기분으로 돌아갑니다.

'한 아이를 키우려면 온 마을이 필요하다'는 아프리카 속담이 있습니다. 아이 하나를 키우려면 그만큼 많은 사람들의 손길이 필요함을 알게 합니다.

저는 이 속담을 이렇게 바꿔 보고 싶습니다.

'편집자 하나를 키우려면 수십여 명의 훌륭한 작가님들과 선배 편집자들이 필요하다.'

원래부터 알고 있었던 게 얼마나 있을까요. 처음부터 완성되는 편집자는 없습니다. 선배 편집자님들의 조언과 작가님들의 글이 뽀시래기 편집자를 길러내는 가장 훌륭한 책인 것 같습니다.

고맙습니다. 더 좋은 책 만들겠습니다!

<table>
<tr>
<td>

감사는
나의
친구

</td>
<td>

유명은

시인. 동화작가.
다음 생에 태어나도 글쟁이로 살고 싶다.

</td>
</tr>
</table>

깊은 우물처럼 우울하고 습했던 시절을 오래 보냈다. 우물에 빠진 두레박이 결국 물을 길어 올리는 것처럼, 이제야 비로소 내 삶의 새싹이 조금씩 자라나고 있다는 생각이 든다. 척박했던 내 삶의 땅에도 새싹이 자란다니, 너무도 기쁘고 감사한 마음이 저절로 든다.

롤러코스터 타듯 인생을 살다 보니 가슴속에는 공감 대신 서늘한 냉담함이 자리 잡았다. 얼굴엔 냉소가 서렸고, 아무리 슬픈 이야기를 들어도 딱히 감정의 동요가 일지 않았다. 그저 하루하루 치열하게 살아내야 할 뿐이었다. 인간들이 점점 싫어졌고, 분노조절 장애로 인한 무력감과 함께 몸의 면역력이 무너진 세월을 견뎌야 했다.

간신히 숨만 헐떡거리는 날들을 보낼 때, 기적처럼 감사함은 나를 찾아왔다. 눈을 씻고 찾아봐도 감사할 것이 없는 것 같지만, 그럼에도 어쨌든 감사한 것을 찾자. 그것이 내가 선택한 방법이었다. '억지로라도 무조건 감사'한 것을 찾자 숨통이 조금씩 트이기 시작했다. 감사한 것들을 찾다 보니 아무리 어렵고 고통스러운 상황이라도 실줄 같은 감사함은 반드시 있었다.

날마다 하루 중에 '감사한 것 100가지'를 일기처럼 적어나가며 쓰러져가는 나를 일으켜 세웠다. 그러자 정말 신기하게도 신산했던 내 삶에 감사할 일이 나날이 늘어갔다. 그리고 조금씩 행복해졌다. 냉담 대신 공감하게 되었고, 냉소가 아닌 웃음을 다시 찾았으며 이제는 너무 잘 울어서 탈이다. 감사의 기적이다.

나는 여전히 사람보다 강아지, 고양이와 함께 있는 시간이 훨씬 행복하다. 부드러운 고양이가 내는 가르릉 소리를 들으며 감사하다고 기도한다. 따스한 햇살 아래 숨을 쉬고 있다는 것만으로도 너무나 감사하다. 딸과 함께 밥을 먹고 투닥거릴 수 있다는 것이 너무도 행복하다.

풍족하지는 않지만 모자란 것도 없는, 나름대로 괜찮은 삶이다. 오늘도 열심히 또는 게으르게 잘 살아가는 나에게 감사한다.

자발적 가난과 감사

책을 읽다 보니 요즘은 모든 것을 '크기'로 가늠한다는 대목이 눈에 띈다. 집 평수는 얼마나 큰지, 자동차는 얼마나 큰지, 경제력은 얼마나 큰지……!

나에게 '크기'로 가늠할 수 있는 것이 무엇이 있는지 생각해 보았다. 아무리 생각해 보아도 큰 것이라고는 이제 갓 사회생활을 시작한 딸 외에 없다는 생각이 들자 피식 웃음이 나왔다. 그래도 얼마나 감사하냐, 딸이 있다는 것이!

살아가다 보면 아주 가끔, 내 것 외에 모든 것이 커 보일 때가 있다. 특히 액수가 얼마이든 간에 돈을 벌어다 주고 곁을 지켜주는 든든한 남편을 가진 여인네들이 부러워지는 날엔, 혼자 벼텨나가야 하는 삶이 더욱 고달프게 느껴지기도 한다. 그때마다 나는, 그래도 무탈한 나날이 얼마나 감사하냐며 더욱 씩씩하게 일상을 보내려 애쓴다. 커지지 않는 내 삶을 바라보고 한숨짓기보다는, 그럼에도 감사할 것을 찾는 긍정적인 것이 내겐 가장 큰 힘이라는 것을 알기 때문이다.

내 지인 중, 서울 삼성동 한복판에 빌딩은 물론이고 그야말로 큰 것을 많이 가진 언니가 있다. 큰 것을 가진 자들이 대부분 그렇듯 언니네 딸들도 오래전에 모두 외국에서 공부했는데, "도대체 우리 집은 왜 이렇게 가난하냐"라고 투덜거린다는 소리를 여러 번 들었다. 그 말을 듣는 나는 기함할 일이지만, 언니 딸들이야 학교 주변에 널린 재벌이나 왕족들과 비교하니 상대적으로 가난하다고 여길 수도 있겠다는 생각이 들었다.

내 주변을 둘러보면, 인간성은 너무도 좋지만, 역으로 그 좋은 인간성 때문에 경제적으로 넉넉하지 못한 사람들이 여럿 있다. 어려운 처지의 사람을 보면 그냥 지나치지 못하고, 내 일, 너 일 넘나들면서 서로 돕고 의지하며 살아가는 삶에 가치를 둔 사람들. 그네들과 인간사를 이야기하다 보면 아아, 어째서 신은 이렇게 멋진 인간들에게 돈을

쏟아주지 않았을까 원망이 되기도 한다.

객관적인 판단으로 치자면 그네들보다 훨씬 더 가난할지도 모르는 나는, 가난할지언정 큰마음을 갖고 살아가는, 속정 깊고 인간미 넘치는 그네들과 모여 살고 싶다는 생각을 가끔 할 때가 있다. 가슴이 따뜻한 사람들끼리 곁을 나눠주면서 도란도란 산다면 얼마나 행복할까?

얼마 전, 역시 큰 것을 갖고 있지 않은 지인들과 노후에 대해 이야기를 하게 되었다. 남편 있는 여인네들이 남편 없는 나보다 더 엄살을 떨며 노후 걱정에 한숨을 푹푹 내쉬었다. 그럴 때 내가 던진 한 마디.

"더 이상 돈을 벌 수 없게 되면 자발적 가난으로 살아야겠지."

"자발적 가난?"

"스스로 가난한 삶을 살겠다는 거지. 거창하게 말하자면 세속을 떠난 은자가 되는 거고, 사실대로 얘기하면 어차피 가난한 거, 자존감은 지키면서 살겠다는 거지 뭐."

큰 거라고는 딸 하나뿐이면서도 가난하다는 생각을 별로 하지 않는 내게 있어, 가난이란 것은 경제적인 현실보다 부서질 것 같은 마음이기도 하다. 결국 자발적 가난이란, 가난한 현실보다 부서지는 마음을 더 견디지 못하는 내가 내린 결론이었다.

하지만 현실과 이상의 괴리는 너무도 큰 법. 이상을 꿈꾸는 나는 자발적 가난의 삶도 괜찮다고 나름 위로하지만, 현실의 나는 현재보다 더 좋은 차를 타고 싶고, 여유롭게 쇼핑하고 싶으며, 해외든 국내든, 자유롭게 여행 다니고 싶어서라도 경제적으로 윤택했으면 좋겠다는 꿈을 꾼다.

시멘트 냄새는 나지만 문화와 생활이 편리한 도시에서 세련되고 우아하게 살고 싶은 욕망. 가난할지언정 흙냄새 물씬 나는 촌에서 호밋자루 옆에 놓고 툇마루에 누워 낮잠 자는 평화로운 모습. 과연 그 어느 것이 내 욕망에 가까운지 나는 아직 알지 못한다.

하지만 나는 현실과 이상의 괴리 속에서도 언제나 그러하듯 감사하는 마음으로 오늘을 열심히 살아 낼 것이다. 부자라고 해서 모두 행복한 것은 아니듯, 가난하다고 해서 모두 불행한 것은 아니다.

내가 선 자리에서 내 마음이 행복하면 그것이 바로 행

복일 터이다. 그것이 자발적 가난이든 아니든 간에. 단지 오늘도 무탈함에 감사할 뿐이다.

공부를 열심히
하지 말아야 하는 이유

1970년대만 해도 어느 동네건, 동네를 대표하는 거지 한 명쯤은 꼭 있었다. 내가 살던 동네에도 역시 거지가 있었다. 그는 햇살이 따스해지는 봄 무렵부터 가을까지는 이 동네, 저 동네로 동냥 마실을 다니는지 어쩌다 한 번씩 모습을 보였다. 하지만 바람이 차가워지는 겨울이면 어김없이 나타나 우리 동네에서 겨울을 지내곤 했다.

지금 생각해 보면 거지는 50대 전후의 모습이었다. 그러나 나이에 상관없이 어른, 아이 할 것 없이 모두 그 거지를 '진수'라고 불렀다. 본래 이름이 진수였는지, 아니면 누군가 그렇게 부르기 시작한 것이 이름이 되었는지는 알 수 없다.

거지 진수는 늘 검은 외투를 입고 다녔다. 때에 절어 꼬질꼬질하고 더러운 검은 외투에 털모자를 눌러쓴 거지 진

수는 무어라 하루 종일 중얼거렸다. 거리를 걸을 때도 중얼거렸고, 햇볕이 달군 자리에 앉아 이를 잡고 있을 때도 하염없이 중얼거렸다. 자세히 들어보면 '일럭구 덕구, 일럭구 덕구, 일럭구…….'의 끊임없는 반복이었다.

당시 마을에서 제법 큰 슈퍼마켓을 하던 할아버지는 슈퍼마켓 뒷마당에다 나무를 얼기설기 엮어 진수네 집(?)을 만들어주었다. 진수가 그 집에서 자는지 어쩐지는 알 수 없지만, 우리는 진수가 며칠 동안 보이지 않으면 그 집을 찾아 가 진수가 있나 없나 확인하곤 하였다.

동네 거지 진수는 꼬마들에게 공포의 대상이라기보다는 오히려 친근함에 가까웠다. 아이들을 좋아하는 진수는 가끔 자신이 얻은 사탕을 아이들에게 하나씩 나눠주기도 했다. 우리는 그 사탕을 전혀 더럽다고 여기지 않았다. 그냥 거지 진수가 나누어 주는 사탕일 뿐이었다. 동네 아이들 그 누구도 진수를 거지라고 놀리거나 돌을 던지지 않았다. 사람들에게 딱히 해악을 끼치지 않는 순한 거지 진수는 동네 사람들에게 따뜻한 밥을 자주 얻어먹었다.

큰 집들이 유난히 많아 '큰집마을'이라 불리던 마을에

살던 유년 시절. 엄마가 아끼고 내가 좋아했던 화단 옆에는 넓은 장독대가 있었다. 장독대는 하루 종일 햇볕이 들어 따뜻했다.

진수가 우리 집 대문 앞에서 일럭구 덕구 하면, 엄마는 아침, 저녁을 가리지 않고 진수를 집안으로 들였다. 그러면 진수는 마치 제집인 듯 햇볕 따뜻한 장독대로 향했다. 진수 뒤를 강아지 '쫑'이 쫄랑거리며 따라갔고 강아지를 따라 나도 진수에게 가곤 했다. 진수가 올 때마다 엄마는 따끈한 밥과 국, 반찬을 정갈하게 올린 밥상을 차려주곤 했다.

진수는 따뜻한 국에 밥을 말아 먹으면서 예의 그 일럭구 덕구를 중얼거리며 정말 맛나게 음식을 먹었다. 진수는 우리 집에 자주 왔기에 나는 진수가 전혀 무섭지 않았다. 나는 진수가 밥 먹는 동안 강아지 쫑과 함께 진수에게 무어라 종알거리며 놀았다. 가끔 진수가 누런 이를 보이며 웃어 보일 때면 나도 해맑게 웃어주곤 했다.

그렇게 몇 년이 흐른 어느 날, 친구에게 거지 진수에 대한 엄청난 비밀을 듣게 되었다. 진수가 왜 거지가 되었는가에 대한 이야기였다. 친구는 아주 대단한 것을 알아 온 사

람처럼 들뜬 목소리로 말했다.

"진수는 원래 거지가 아니라 엄청 부자였대."

진수가 부자였다고? 근데 어쩌다 거지가 되었지? 귀가
솔깃했다.

"진수는 머리가 너무 좋고 무척 똑똑했다지 뭐야. 공부
도 잘해서 사법고시까지 합격했대."

사법고시? 옛날로 치면 장원급제? 검사나 변호사가 된
다는 사법고시에 합격했다고? 근데 왜 거지가 되었어? 의
문은 점점 커졌다.

"진수는 잠도 안 자고 공부만 열심히 하다가 미쳐버린
거래. 미쳐서 집을 나왔으니까 당연히 자기네 집이 어딘지
모르지. 그래서 거지가 되고 그 충격으로 말도 못 하게 된
거래."

그러니까 진수는 공부를 너무 많이 한 탓에 미쳤고, 집
을 찾지 못해 결국 거지가 되었다는 이야기였다. 더불어서
진수가 공부하던 방은 온통 빨간색이었다는 이야기도 나돌
았다.

그 말이 진실인지 아닌지는 알 수 없었다. 그것은 마치
동네에 있는 산으로 아이들이 놀러갈 때마다 등골을 오싹하

게 만들던, '저 산속에는 문둥이(나병 환자)가 사는데 어린애들만 보면 잡아서 간을 빼먹는단다. 그러니 산 근처에도 가면 안 된다'는 어처구니없는 소문처럼 빠르게 번져갔다.

당시 나는 초등학생이었는데, 친구들 사이에는 '공부를 너무 많이 하면 거지 진수처럼 미쳐버리니까 공부는 대충, 적당히 하자!'는 말이 유행이었다. 아이들 모두 공부하다가 미치는 것이 두렵고, 거지가 되는 것이 너무 무서웠다. 아이들은 모두 비장한 각오를 하게 되었다. 거지 진수의 미스터리한 과거의 비밀로 인해, 아이들은 미치지 않기 위해, 거지가 되지 않기 위해 공부를 하지 않기로 결심한 것이었다. 그리고는 미칠 염려가 전혀 없는 놀이에 미쳐 살았다.

나 역시 마찬가지였다. 책을 보면 미칠까 봐 한동안은 글씨 책이 아닌 만화책만 열심히 보았다. 동네 꼬마들이 자신 때문에 공부를 내팽개치고 놀이에 열중하고 있다는 것을 아는지 모르는지, 진수는 여전히 검은색 긴 외투를 입고, 여전히 일럭구 덕구를 외치며 길을 활보했다.

바람이 차갑다. 공부를 많이 하면 미친다는 비밀을 남겨준 거지 진수는, 하늘나라에서도 일럭구 덕구를 외치고

있을까? 문득, 거지 진수와 함께한 어린 시절이 그리워지
는 밤이다.

엄마의 손

나는 스트레스가 극도로 쌓이면 손가락이 아픈 증상이 나타나곤 했다. 손가락이 뻣뻣해지는 것은 물론 일상생활에도 지장이 있을 만큼 통증에 시달렸다. 그러다가 스트레스가 사라지면 자연스럽게 손가락 아픈 것도 나아지곤 하였다.

안면 마비로 한의원에 다닐 때 손의 통증을 이야기했더니 한의사는, 스트레스를 받으면 마음은 물론 손가락이 아프다는 환자들이 간혹 있다고 하였다. 스트레스를 받으면 사람마다 몸의 가장 취약한 부분부터 아프다는데, 나는 어려서부터 손목과 손이 특히 약했다.

어느 날부터인가 아침에 일어나면 손가락이 뻣뻣하면서 주먹이 쥐어지지 않았다. 그러다가 시간이 지나면서 뻣

뻣함은 조금씩 부드러워졌고 움직임은 훨씬 편해지곤 했다. 그런 날이 한 달 이상 지속되었지만 크게 신경 쓰지 않았다.

극도의 스트레스 때문에 이번에도 손가락이 다른 때보다 훨씬 더 아프고 붓는 것이 당연하다 여겼다. 몇 년 전부터 감당하지 못할 스트레스로 면역체계가 망가진 탓에 병원과 한의원을 수시로 다녔다. 그러다 보니 병원과 한의원 다니는 것에 지치기도 하였고, 스스로에게 몽니를 부려 병원이나 한의원 가는 것이 몹시도 싫었다. 스트레스가 해소되면 나아지겠지, 여기면서 오랫동안 참고 지냈다.

그러던 어느 날, 잠을 자는데 왼쪽 팔이 너무 아팠다. 저리고 아픈 팔과 퉁퉁 붓는 손 때문에 팔의 감각이 무거웠고 손가락은 지나칠 정도로 뻣뻣했다. 잠에서 깨어 이불을 들치려고 손가락을 구부리는데 너무 고통이 심해서 비명이 저절로 나왔다. 어찌된 일인지 왼쪽 손의 손가락이 전혀 굽어지지 않았다. 굽어지는 것은 엄지손가락 하나뿐. 나머지 손가락은 조금만 움직여도 통증이 극심했다. 오른손도 마찬가지였지만 왼손보다는 조금 덜했다.

급히 병원엘 가니 양쪽 손 모두 '방아쇠수지증후군'이

란다. 군인들이 총을 쏠 때 방아쇠를 손가락으로 당기는 것에서 따온 병명이라고 하였다. 손을 많이 사용하는 사람들에게 나타나지만, 간혹 스트레스가 심한 사람들에게도 나타난다고 했다. 나는 둘 다에 해당됐다. 의사는 대개는 손가락 하나, 혹은 두 개에 증상이 나타나는데, 나처럼 열 손가락 전체에 병증이 나타나는 것은 처음 본다고 하였다. 주사와 약물로 치료하다 안 되면 수술해야 하니 절대 찬물 만지지 말고 손가락 사용을 자제하라고 했다.

어느 땐 옷깃만 스쳐도 울고 싶을 만큼 손가락이 아파서 한의원과 신경외과를 동시에 다니며 몇 달 동안 치료를 받았다. 아픈 손가락을 뜨거운 파라핀에 담그고 있는데, 갑자기 엄마 생각이 났다. 엄마는 오랫동안 손이 아파서 고생하다가 결국엔 손바닥을 찢고 수술을 하였다. 지금 생각하니 엄마도 어쩌면 나처럼 심한 '방아쇠수지증후군'이었을지도 몰랐다.

엄마가 돌아가시기 전, 친정에 가면 엄마는 아픈 손가락을 주무르고 있을 때가 많았다. 엄마가 손가락이 아프다고 하면, 나는 그저 "엄마, 병원 가 봐." 그게 다였다. 엄마가 아픈 손가락으로 주방에서 음식을 할 때도 나는 어린

내 딸을 돌보느라 엄마의 아픈 손가락은 전혀 안중에도 없었다. 엄마가 아픈 손가락 때문에 고통스러워할 때도 나는 "어떡해, 엄마. 많이 아파?" 하면서도 엄마를 도와주기는커녕 내 할 일만 했다. 내 눈에는 아픈 엄마보다 아기인 내 딸만 보였다. 엄마는 그 아픈 손가락으로 내게 따뜻한 밥을 해 먹이고, 손녀를 안아 어르곤 하였다. 엄마는 그렇게 오랜 세월 아픈 손으로 견디다가 결국엔 손가락을 전혀 사용하지 못하는 상태에 이르러서야 통증을 견디지 못해 병원엘 갔고 즉시 수술하였다. 그때도 나는 엄마를 위로한답시고 울면서 달려가서는, 엄마가 해주는 따뜻한 밥을 얻어먹었다. 나는 눈물 나도록 철없는 딸이었다.

엄마랑 똑같이 손가락이 아프다 보니, 엄마가 얼마나 아팠을까 하는 생각에 가슴이 저민다. 아픈 손가락을 주무르면서 통증을 견뎌내고, 그 손으로 딸을 위한 밥상을 차린 엄마. 나 역시 아픈 손가락으로 끙끙거리면서 딸의 밥상을 차린다. 아무리 손이 아파도 딸에게 따뜻한 밥을 먹여야 마음이 편했다.

서울에서 어쩌다 집에 오는 딸은, 손가락이 아프다고

징징거리는 제 어미를 위해 무거운 것을 들거나 가끔은 설거지도 해준다. 그럴 땐 고맙다며 쉬기도 하지만, 애써 딸에게 일을 시키지는 않는다. 울엄마 역시 지금의 나와 같은 심정이었으리라. 엄마는, 어쩌다 한 번씩 친정에 오는 딸에게 일을 시키고 싶지 않았을 것이다. 아무리 손가락이 아파도 자신의 손으로 지은 따뜻한 밥을 먹이고 싶어 찬물에 손을 담갔을 엄마. 시간이 흐를수록 엄마의 손가락 통증은 점점 심해졌을 테고, 손의 통증 때문에 잠을 설치는 날도 많았을 것이다. 끝내는 수술해야 할 시기까지 통증과 불편을 참은 엄마.

엄마 생각을 하니 울컥 눈물이 난다. 퉁퉁 붓고 아픈 손을 들여다보면서 엄마가 감내했던 통증을 느끼며 눈물을 흘려본들 무슨 소용이 있으랴. 당시에 손가락이 아픈 엄마를 위해 따뜻한 밥 한 끼만이라도 해드렸다면 얼마나 좋았을까.

손가락의 아픔을 감춘 채 철없는 딸에게 따뜻한 밥을 해 먹이던 울 엄마처럼, 늙어가는 나 역시 아픈 손가락으로 딸에게 따뜻한 밥을 해먹인다.

엄마의 깊은 사랑을 깨닫는 밤.

미안해 엄마!

생전에 사랑한다는 말을 한 번도 못 했네.

엄마, 사랑해!

저 하늘에서는 손가락 아프지 않고 잘 지내지?

보고프다, 엄마야!

우물

　달콤한 잠을 깨우는 소리는 북소리 같기도 하고 장구 소리 같기도 했다. 설핏 잠에서 깨어 두리번거렸다.

　"엄마, 이게 무슨 소리예요?"

　"으응, 마을 맨 윗집에서 굿을 하나 봐. 너는 절대 가면 안 된다."

　"왜요?"

　"애들은 그런데 가는 거 아니야. 알았지? 그러니까 집에서 종원이랑 놀아."

　엄마가 절대로 가지 말라는 곳에서 둥둥둥 북 치는 소리와 장구 소리가 계속 들려왔다. 엄마는 왜 굿을 하는 곳에 아이들은 가면 안 되는지 설명해주지 않았다. 가면 안 된다는 말보다 끊임없이 들려오는 '덩더꿍' 소리와 '굿'이라는 게 무엇인지 호기심이 일었다.

순간, 혹시 굿이란 무지무지 무서운 게 아닐까? 그래서 엄마가 가지 말라고 하는 것은 아닐까?라는 생각이 들었다. 나는 무서운 것이 세상에서 제일 싫었다.

종원이는 나의 유일한 동네 친구다. 큰 마을이라고 불리는 우리 마을엔 아이들이 거의 없다. 우리 집에 나와 같은 반인 상훈이네가 세 들어 살고 있지만, 종원이는 내가 상훈이랑 노는 것을 무척 싫어했다. 학교에서든 마을에서든 상훈이와 이야기를 하고 있으면 종원이는 괜스레 어슬렁거리며 돌멩이를 발끝으로 툭툭 차곤 했다. 그러더니 어느 날 정색한 얼굴로 말했다.

"너, 상훈이랑 놀지 마."

"왜?"

종원이도 엄마처럼 왜 상훈이랑 놀지 말아야 하는지 이유를 설명해주지 않았다. 그러나 종원이의 목소리는 너무 단호했다. 나는 종원이가 상훈이와 놀지 말라고 말한 다음부터 상훈이와 되도록 놀지 않았다. 왠지 그래야만 할 것 같았다.

상훈이는 멀리서 나와 종훈이를 발견하면 오던 발길을

돌려서 쌩하니 가버렸다. 내가 상훈이를 부를라치면 종훈이가 얼른 나를 막곤 했다.

"이쁘다."

마당으로 들어서던 종원이가 파란 반소매 원피스를 입은 나를 보고 싱긋 웃었다. 종원이는 항상 깔끔하고 깨끗한 옷을 입고 다녔다. 여자아이처럼 예쁘장하게 생긴 종원이의 반소매 티셔츠 아래 드러난 팔이 나보다 더 하얬다. 나는 얼굴이 하얗고 말끔한 종원이가 참 좋았다. 종원이 부모님은 두 분 모두 학교 선생님이다. 그래서인지 종원이는 예의도 발라서 우리 엄마가 무척 좋아했다.

"우리 저 윗집 가자. 오늘 굿한대."

종원이는 신이 난 듯 목소리가 약간 들떠있었다.

"엄마가 굿하는 집에 가지 말라고 했어. 가면 안 된대. 너는 굿이 뭔지 알아?"

"우리 엄마도 가지 말라고 했어. 그치만 굿이 뭔지 궁금하잖아, 가자."

"무서운 거면 어떡해. 나 안 갈래."

"괜찮아, 안 무서워. 내가 있잖아."

종원이가 내 손을 잡아끌었다.

"어쭈구리, 콩알만 한 것들이 꼭 손잡고 다니고 그래."

언니가 종원이와 내 머리를 콩, 콩 쥐어박았다.

"칫. 왜 때려!"

언니를 노려보자 종원이가 언니를 피해 내 손을 끌고 윗집으로 향했다. 저 멀리 윗집으로 가는 상훈이의 모습이 보였다. 상훈이는 뒤를 흘낏 돌아보고는 걸음을 빨리 걸었다.

징과 북소리가 가까워질수록 심장이 터질 듯 쿵쾅거렸다.

"종원아, 무서워."

"괜찮아."

굿하는 집 대문 앞에서 종원이가 내 손을 힘주어 잡았다. 마당엔 굿을 구경하러 온 사람들로 가득했다. 종원이가 내 손을 꼭 쥔 채 사람들 틈을 비집고 마당 안으로 들어섰다. 마당 한가운데에는 멍석이 펴져 있고 커다란 상 위에는 온갖 과자며 과일들이 가득했다. 상 앞에는 싹둑 잘린 돼지머리에 부엌칼이 꽂혀있었다. 칼이 꽂혀있는 돼지머리를 보자 온몸에 소름이 쫙 끼쳤다.

칼을 입에 문 돼지머리 앞에서 빨강, 파랑, 노랑이 섞인, 어마무시하게 무서워 보이는 옷을 입은 여자가 요란하게 방울을 흔들며 펄쩍펄쩍 뛰었다. 그 뒤에서 사람들은 고개를 숙인 채 열심히 손을 비비며 무어라 중얼거리고 있었다. 쉼 없이 춤을 추며 떠들어대는 여자를 사람들은 무당이라고 했다. 무당이라는 소리를 듣자 왠지 모르게 와락 무섬증이 몰려왔다.

사람들 틈바구니에 상훈이가 보였다. 상훈이는 나를 빤히 쳐다보았다. 나는 짐짓 모른 체했다. 마당 구석에는 새까만 얼굴의 동네 거지 진수가 고개를 끄덕이며 구경을 하는 모습도 보였다.

동네 거지 진수는 동네에 무슨 일이 생기면 꼭 참석해서 밥을 얻어먹었다. 마을 사람 모두 그런 진수를 내치지 않았다.

무당이 갑자기 아이고, 아이고, 통곡하며 집주인을 끌어안았다. 집주인이 혼절할 듯 울음을 터트렸다. 내 옆에 있던 사람들이 소곤거렸다.

"왔네, 왔어, 우물에 빠져 죽은 고몬가 봐. 아이고, 불쌍해서 어째……."

"멀쩡하던 처녀가 갑자기 왜 우물에 빠져 죽었대?"

"멀쩡하긴, 정신이 가끔 들었다가 나갔다가 했다더만.

젊은 처자가 안 됐지 뭐. 쯧쯧쯧."

우물에 사람이 빠져 죽었다고? 머리칼이 곤두서는 것만 같았다. 그러고 보니 이 집은 유일하게 동네에서 우물이 있었다. 우물이 있는 집들은 펌프를 사용하면서 우물을 없앴는데, 이 집은 펌프를 사용하면서도 우물을 메우지 않았다고 했었다. 그런데 그 깊은 우물에 젊은 여자가 빠져 죽었단다. 그것만으로도 공포가 몰려오는데, 우물에 빠져 죽은 사람이 지금 다시 살아나서 자신의 이야기를 하고 있다며 사람들이 수군거리고 있었다. 순간 무서움증으로 얼굴이 확 달아오르며 심장이 요동을 쳤다.

"종원아, 나 무서워. 집에 가자."

하지만 종원이는 내 손을 꼭 쥔 채 굿 구경에만 열심이었다. 아주 작게, 일럭구 덕구 하는 거지 진수의 목소리가 들려왔다. 상훈이는 노려보듯 무당을 쳐다보고 있었다. 나는 당장이라도 그 자리를 떠나고 싶었지만, 발걸음이 떨어지질 않았다.

아이고, 아이고, 소리에 맞춰 한바탕 춤을 추던 무당이 알록달록한 옷과 모자를 벗었다. 무당은 소복 차림이 되었다. 우물에 빠져 죽었다는 여자의 가족들은 눈물을 쏟아내며 무당 뒤를 따라다녔다. 무당이 돼지 입에 꽂혀있는 부엌 칼을 빼내 댕강 잘린 돼지 목에 꽂았다. 무당은 목에 시퍼런 칼이 꽂힌 돼지머리를 하늘로 쳐들고 집안 곳곳을 누비며 다녔다. 칼끝에 매달린 돼지머리가 나에게 달려들 것만 같아 등에서 식은땀이 흘렀다.

"저것 좀 봐."

종원이가 손끝으로 무언가를 가리켰다. 풀이 우거진 한가운데 처녀가 빠져 죽었다는 우물이 있었다. 우물 위에는 당장이라도 챙강챙강 소리를 낼 것만 같은, 새파랗게 날이 선 작두가 놓여있었다. 무언지 모를 두려움과 공포가 바이러스보다 빠르게 피돌기를 하였다. 너무 무서웠다. 몸이 부들부들 떨렸다.

우물 앞에 선 무당이 꼿꼿하게 선 채로 작두를 노려보았다. 작두 끝에서 부서지는 햇살이 '챙' 하고 날카로운 소리를 냈다. 하늘은 왜 저렇게 새파란지 알 수 없었다. 뼈마디에서도 식은땀이 흘렀다. '너무 더워, 종원아.' 그러나 종원이의 눈빛은 날 선 작두에만 머물러 있었다. 우물을 둘러싼 사람들에게서 뻣뻣한 긴장이 팽창해 금세라도 터질 것만 같았다. '목말라, 종원아.' 하지만 입술만 달싹거릴 뿐이

었다.

우물은 컴컴한 지하 동굴처럼 음습하고 깊을 것이었다. 깊은 곳은 너무 어둡고, 어두운 곳은 너무 무서웠다. 나는 무서운 것이 세상에서 제일 싫었다. 그런데 저 우물은 너무 무서웠다. 깃발처럼 칼끝에 매달린 돼지머리가 장독대에 세워졌다. 무당이 깊고 어두운 우물 위에 올려진 작두 위를 걷기 위해 버선을 벗었다. 하얗고 긴 무당의 발가락들이 벌레처럼 꼬물거렸다.

칼 꽂힌 돼지머리 보다, 햇살도 베어 버릴 것 같은 작두 보다, 작두 위를 걷는다는 무당보다, 누군가 빠져 죽었다는 그 우물이 더 무서웠다. 뱃속이 느글거리면서 토할 것만 같았다. 종원아, 집에 가자. 나 무서워. 그러나 그 말은 입 밖으로 나오지 못했다.

무당의 눈에서 파란 불을 본 듯했다. 무당이 작두 위로 올라서기 위해 오른쪽 발을 조심스레 들었다. 그 누구도 숨을 쉬지 않았다. 쟁쟁, 햇살이 작두 위에서 소리를 냈다. 무당이 작두 위에 발을 올려놓았다. 누군가 '으음' 깊은 소리를 냈다. 온몸의 피가 거꾸로 도는 듯 어지럼증이 일고 식은땀이 흘렀다.

무당이 나머지 발도 작두 위에 올려놓았다. 그리고는 발을 옮기려 한 발을 드는 순간, 내 발바닥이 시퍼런 작두에 쩍 갈라졌다. 도화지처럼 하얀 공중에 새빨간 피가 분수처럼 솟구쳤다. 새빨간 피는 그대로 깊은 우물 속으로 뚝뚝 떨어졌다. 공중에서 빨간 꽃잎이 마구 휘몰아쳤다.

나는 그대로 쓰러지고 말았다. 거지 진수가 일럭구 덕구 희미하게 중얼거렸다. 비명을 지르는 종원이와 상훈이의 목소리가 희미하게 부서졌다. 우물은 너무 깊고 어두웠다.

내 안의 빨강

이경희

소설가.
심심당에서 심심할 새 없이 산다.

유난히 빨간색에 집착하는 이유를 가만히 들여다보니 내 어릴 적 슬픈 기억이 떠올랐다.

별것도 아닌 그 이야기가 지금의 나를 이야기꾼으로 만들었을 수도 있고, 여전히 붉은색에 위안과 위로받는 것을 보면, 내 생의 에너지와 맞아떨어진다는 생각이 든다. 지금도 여전히 붉은색을 좋아한다. 내 집 작은 테라스에는 붉은 장미가 해마다 꽃을 피우고 마트 과일 코너에 가면 가장 먼저 붉은 토마토를 바구니에 담는다.

내 안의 빨강은 과거와 현재의 나를 이어주는 빨강에 관한 이야기다. 누구나 자신을 사로잡는 색이 있을 것이다. 그것이 어떤 방식으로 또는 어떤 느낌으로 영향을 주었는지는 자신만이 알겠지만, 모든 색은 살아가는 데 필요한 동력과 에너지라는 것만은 분명하다.

힘들고 지칠 때, 억울하고 분노할 때, 한 잔의 술을 마시고 노래 한 곡 정도 뽑아도 좋을 테지만, 내 영혼을 쉬게 하고 북돋게 하는 고운 색 하나쯤 간직하는 일도 좋을 듯싶다.

원한 적 없는
길 위의 세상

생각해 보니 초등학교 2학년 때부터였던 것 같다.

장맛비로 골짜기며 들판 어디 할 것 없이 온통 물바다
였다. 매일 왕복 8킬로를 걸어 집과 학교를 오가야 하는 작
은 소녀에게 비는 최악이었다. 그 험한 길을 뚫고 가야만
하는 어떤 목표가 있을 리 만무했고, 교육열에 불타오르는
부모님의 강제 등교 조치가 있었던 것도 아니었다. 그냥 언
니와 오빠들이 그랬듯이 입학통지서를 받고부터 학교로 가
는 그 먼 길 위에서 오랜 시간을 보내야만 했다.

그날은 오후반이라 혼자서 학교에 가야 했는데, 오전반
이던 언니와 오빠가 우산을 가져간 탓에 비닐 한 장으로 머
리와 얼굴과 책보를 두른 허리까지 가려야만 했다. 빗줄기
는 굵어졌다 가늘어졌다를 반복하며 그칠 줄 모르고 세차
게 퍼부었다. 나는 비를 막아보려 몸에 두른 비닐을 열심히

단속했다. 그러나 비닐 한 장으로는 그 무엇도 지켜낼 수 없었고, 재를 넘기도 전에 홀딱 젖고 말았다.

허리에 두른 책보의 무게와 젖은 고무신이 나를 점점 진흙탕으로 주저앉게 했다. 그만 집으로 뒤돌아갈 수도 있는데, 돌아보니 다시 고개를 넘어가는 일도 만만치 않아 보였다. 희뿌연 물안개가 괴기스럽게 소용돌이치는 고개를 넘어가는 일보다 들판을 가로질러 가는 것이 나을 듯 보였고, 동네 사람 누군가에게 내 꼴을 보이는 게 두려웠다.

나는 딱 한 번 뒤돌아보고는 다시 학교를 향해 걸었다. 한참 늦어버린 학교에 빨리 가야 한다는 걱정과 조급함은 전혀 없었다. 푹푹 빠지는 논두렁을 빨리 벗어나 비를 피하고 싶을 뿐이었다. 그러나 윗마을까지는 논두렁을 벗어나 너른 토마토 밭까지 지나가야 했다. 미끄덩거리는 고무신 때문에 몸의 중심을 잡기도 어려웠지만, 비바람에 펄럭이는 비닐을 단속하고 시야를 가리는 빗물을 훑어 내느라 어느 순간부터 나는 울기 시작했다. 알 수 없는 설움이 꾸역꾸역 치솟으며 나를 그 험한 길 위로 내몬 세상이 원망스러웠다. 한 번도 원한 적 없는 세상인데, 왜 내게 이런 시련을

주는 것인지, 교회에 나가지 않은 것이 후회되기도 했다.

그러다 어느 순간 나는 토마토 밭이랑 근처 깊은 물웅덩이 속으로 처박히고 말았다. 돌이킬 수 없는 꼴이 되었다는 걸 알아채는 순간 내 눈에 들어온 것은 놀랍게도 붉은 토마토였다. 익을 대로 익어버려 건드리기만 하면 터져버릴 것 같은 붉은 토마토가 누런 가지마다 주렁주렁 매달려 있었다. 빗물을 닦아내고 다시 보아도 분명 토마토였고, 내 눈엔 아침햇살처럼 환하게 빛났다. 붉은 보름달 같기도 했고, 붉은 노을 같기도 했다. 웅덩이에서 몸을 일으킨 나는 불타는 태양 속으로 빨려 들어가듯 토마토 밭으로 걸어 들어가 토마토를 따 먹기 시작했다.

거센 빗줄기 따위는 신경 쓰이지 않았다. 아침밥을 거른 것도 아닌데, 빗속에서 먹는 토마토 맛은 꿀맛이었다.

붉은 토마토의 마력은
무엇이었을까?

학교 따위는 생각나지 않았다. 학교에 가야 할 목적이 없는 나로서는 닥친 시련 앞에 차려진 붉은 성찬에만 정신이 팔렸었다. 그렇게 빗속에 선 채로 한참 동안 토마토를 따 먹었다.

그날 내가 몇 개의 토마토를 먹었는지는 기억나지 않지만, 학교에 갔을 때는 첫 교시가 끝나고 노는 시간이었다. 실내화를 토마토 밭에 놓고 왔다는 사실조차 잃어버린 채로 흙투성이 신발과 붉은 물이 든 옷자락이 아무렇지도 않은 듯 천연덕스럽게 복도를 향해 걸어갔다. 와글거리던 친구들이 일제히 나를 바라보았다. 근데 이상하게도 나는 그들의 시선이 두렵거나 부끄럽지 않았다. 하얀 민소매와 반바지가 온통 붉은 물로 낭자했건만, 무슨 배짱이었는지 그들을 향해 씽긋 웃어 보이기까지 했다. 내 몰골을 보고 당

황한 것은 오히려 친구들이었다. 토마토가 무슨 마술을 부린 것인지, 평소 같으면 그 자리에서 꼼짝 못 하고 울음을 터트리고 말았을 텐데, 나는 해맑은 얼굴로 씩씩하게 내 자리를 찾아가 앉았다.

문제는 내 짝이었다. 평소에도 책상 위에 금을 그려놓고 혹여 내 손이 금을 넘어가면 지랄을 떨었던 터라 붉은 물이 뚝뚝 떨어지는 꼬락서니로 제 옆에 앉았으니 그냥 두고 볼 리 없었다. 그 아이가 날 째려보며 주먹을 불끈 쥐어 보이더니 잠시 후, 내가 의자에 엉덩이를 내려놓자마자 확 밀치는 것이었다. 나는 보기 좋게 의자 밑으로 나뒹굴고 말았다.

나는 울지 않았다. 아무렇지도 않은 듯 다시 일어나 의자에 앉았다. 아이들이 모여들어 웃고 난리를 치는데도 겁을 내거나 울음을 터뜨리지 않았다. 몇 번이나 의자 밑으로 굴러 떨어졌지만, 나는 표정 하나 변하지 않은 채로 내 의자를 지켜냈다. 잠시 후 수업 종이 울리고 선생님이 교실로 들어오기까지 나는 꽤 긴 시간 동안 나를 지키기 위해 외로운 싸움을 해야만 했다.

그날, 빗속에서 먹은 붉은 토마토는 나에게 무슨 의미였을까? 토마토에 어떤 마력이 숨어 있었길래 산골 소녀가 그토록 당당해질 수 있었던 것일까. 그 의미를 나는 오십이 넘어서 알게 되었다. 그것도 5월의 붉은 장미꽃을 바라보면서 말이다.

붉은 장미꽃 앞에만 서면

내 스마트폰 갤러리에는 장미꽃 사진이 반 이상을 차지한다. 아마 오십이 넘어서부터 장미꽃 사진을 찍기 시작했을 것이다. 보통은 가족이나 자신의 멋진 사진으로 갤러리를 꾸미기 마련인데, 나를 꾸미고 표현하는 걸 무척 쑥스러워한다. 고집이 세서 그렇다고들 하지만, 나로선 변화를 가진다는 것이 두렵고 귀찮은 까닭도 있다.

외모를 가꾸거나 행동을 달리하는 일상의 작을 일들조차 내게는 큰 부담으로 다가온다. 그래서 남편은 나더러 게으름뱅이라고 한다. 도무지 빠릿빠릿한 구석이 하나도 없다고. 그런 사람이 어떻게 창작하는지 모르겠다고. '누구에게 내 머릿속을 보여줄 일은 없잖아'라고 말하면서도 나는 남편의 말에 크게 항변하지 않는다. 아주 틀린 소리는 아니라서다.

어떤 하나에 강박을 가진 사람들의 특징이 변화를 싫어하는 것이라면 나도 그런 부류에 속하는 사람인지도 모르겠다. 강박이란 어떤 습관이나 동기로 길든 경우가 많은 까닭이다.

그러거나 말거나 나는 해마다 오월이 오면 붉은 장미꽃에 홀려 그냥 지나치지를 못한다.

스마트폰에 장미꽃 사진을 잔뜩 저장해 놓고도 아파트 담장이나 화단에 피어있는 장미꽃을 그냥 지나치지 못하고 신세계를 발견한 표정으로 한참을 멈춰 서서 바라본다.

그리고 급기야 장미꽃을 직접 심기 위해서 서울을 떠나 경기도로 이사하는 과감한 도발을 했다. 스무 평 남짓 되는 작은 빌라에 달린 세 평의 테라스를 마주한 순간 나는 끝없이 펼쳐진 붉은 장미꽃밭을 발견한 기분이었다. 손바닥만 한 눈밭일 뿐이었는데, 내 눈에는 붉은 장미꽃이 끝없이 펼쳐진 평원처럼 보였다. 오래전 토마토에 홀린 소녀처럼 나는 또다시 겨울 눈밭에서 환영처럼 붉은색에 빠지고 말았다. 왜 굳이 그곳으로 이사를 해야 하는지에 대한 이유 따위는 생각할 틈이 없었다. 테라스에 소복하게 쌓인 눈밭을 뚫고 태양을 향해 쭉쭉 뻗고 있는 넝쿨, 장미의 붉은 손들

만 보였다. 잠깐 환영을 본 것이라고 해도 좋았다. 그 집을 아니 붉은 덩굴장미가 만발한 그 테라스를 선택하지 않을 방법을 찾지 못했다. 그리고, 나는 지금 내 선택을 믿어주고 증명해 준 장미와 한 집에 사는 즐거움을 만끽하고 있다.

봄부터 초겨울까지 테라스 가득 피고 지는 장미 송이들 이 매일 내게 말을 건넨다.

"오늘은 기분이 어때?"

나는 설레어 대답한다.

"너만 보면 심장이 뛰어."

내 안에 빨강이 있는 것이 분명하다. 오래전 소녀가 먹은 붉은 토마토와 지금의 붉은 장미는 과거와 현재가 아니라 언제나 내 안에 빨강으로 존재하며 나를 숨 쉬게 하고 있었던 것이 분명하다.

지루하거나 지루하지 않은 날에도 붉은 장미 앞에만 서면, 사랑에 빠진 남자를 만나는 기분이다. 그가 두 팔 벌려나를 안아줄 것만 같아서 가슴이 뛴다. 내 나이 예순셋, 내 안의 빨강이 파랑으로 변하지 않고 지구에 장미가 사라지지만 않는다면, 언제나 설레고 화창할 것이라 믿는다.

작은 성취와 나에게 주는 보상
당근케이크를 얕보지 마세요!

알싸한 시나몬 향이 매력적인 당근케이크 한 조각을 입에 넣으면, 무엇인가 뭉클하게 느껴지는 것이 있습니다. 화려한 디저트의 맛이 아니라 일상의 긴장을 누그러트리는 여유와 위로의 맛! 이 책은 작가 7명의 글, 그림, 사진이 담긴 테마 문집으로, 어렵고 힘든 일을 겪을 때마다 나만의 당근케이크가 되어준 가볍거나 무거운, 재밌거나 슬픈 일곱 가지의 이야기입니다.

나만의 방법들은 어쩌면 평범한 것일 수 있습니다. 물구나무 연습, 그림에 젖어보기, 나를 태우는 이야기들, 본업에 충실하고자 애쓰는 삶의 방식들은 어느 누구라도 떠올리고 시도해 볼만한 것들입니다. 그러나 당근케이크는 일상에서 소박한 성취감들을 차근차근 밟아나가며 나에게 선사하는 위로를 뜻합니다. 꿈이란 단어를 떠올리기에 너무 뻔하고 식상해진 듯한 일상이지만, 그 안에서 작은 틈을 내어 자기만의 삶을 준비한다는 것은 한 조각 그 이상의 위로가 담겨 있습니다. 물론 그 꿈이 실패할 수 있고 도중에 계획이 바뀔 수도 있습니다. 그러나 나에게 선사하는 당근케이크를 맛본 사람은 그만큼 일상의 농도가 진하며, 어떠한 흔들림 앞에서도 꿋꿋할 수 있을 것 같습니다.

우리가 당근케이크를 통해 나누고자 한 것은 자신을 긍정하고 위로하며 작동하게 하는 즐거움입니다. 일상이라는 지루한 과정을 반복해 나갈 때, 복잡한 마음들은 지워버리고 '나를 즐겁게 한다', '나를 잘 작동하게 한다.'라는 단순하고 명쾌한 두 가지 문장만 새겨주고 싶었습니다.
자신을 작동시키는 방법에는 여러 가지가 있겠지만 기분 좋음과 작은 보상으로 일상에 적당한 달콤함을 채우는 것은 참 멋지고 근사한 일입니다.

일이 바쁘고, 마음이 지칠 때, 잠시 뒤 당근케이크가 있는 휴식 시간을 상상해 봅니다. 빨리 끝내버리고 맛있게 먹고 싶은 마음에 더 의욕을 낼 수도 있고, 부정적인 마음을 듬뿍 뿜었다가도 입 안 가득 채우는 달콤함이 비딱했던 마음을 돌려세워 놓을지도 모릅니다.
접시 위에 놓인 당근케이크는 작은 한 조각이 아닙니다. 당근케이크를 얕보지 마세요! 이 기분 좋음은 자신을 긍정하고 일상을 움직이게 하는 한 조각의 축복입니다.

이 책은 글을 쓰고 책을 만드는 사람들의 모임 '광장'에서 기획되었습니다. 코로나19로 광장 멤버들은 1년 반 만에 경기도의 작은 카페에 모이게 되었는데, 이날의 으뜸 화두는 코로나였습니다.

다들 코로나 때문에 뜻하지 않은 고립을 겪고 있고 얼마나 힘들고 지루하게 지냈는지 이야기를 나누게 되었습니다. 문득, 삶을 달콤하게 가꾸는 각자의 방법들을 책에 담는다면 힘들 때 사람들에게 위로가 될 것 같다며 책을 만들어보자는 의견이 나왔고, 광장 멤버들 모두 흔쾌히 뜻을 모았습니다. 그리고 누군가 좋은 생각이 났다며 책 제목을 '당근케이크'로 하자고 아이디어를 냈습니다. 이유는 "당근케이크를 먹으면 기분이 좋고 행복해지니까."였습니다.

재미 삼아 툭 던진 이야기였지만, 듣고 보니 너무 그럴듯했습니다. 달콤하면서도 알싸한 맛으로 기분 좋음을 나눠주는 당근케이크. 화려한 디저트의 특별함이 아니라 고군분투 중인 하루를 응원하며 여유와 행복을 일깨워주는 맛이랄까. 당근케이크는 일상의 행복을 발견하고 즐거움을 나누려는 이 책의 제목으로 '딱' 맞았습니다.

몇 분의 저자를 더 모시면서 총 7명의 저자가 함께하게 되었습니다. 때마침 한국출판문화산업진흥원의 콘텐츠 공모가 있었고, 큰 기대를 하지 않았는데 너무나 기쁘게도 공모에 선정되었습니다. 사람들의 행복을 응원하려던 기획 취지가 좋은 결과를 가져온 것 같습니다.

글을 마치기 전 광장 멤버들이 모였던 날을 떠올려 봅니다. 우연히 들린 카페에서 당근케이크를 맛있게 먹다가 재미 삼아 한 이야기가 드디어 책이 되어 나옵니다. 당근케이크의 달콤함이 '별안간 영감'으로 작용해 모두에게 근사하고 재미있는 일을 하나 벌여준 셈입니다. 이 한 조각의 달콤함이 앞으로도 계속해서 기대됩니다. 이야기가 어떻게 이어질지 그 끝을 열심히 좇아가 봐야겠습니다.

『당근케이크』에 참여해 주시고, 만드는 내내 응원해 주신 저자님들 감사합니다. 함께여서 정말 고마웠고, 느림보 편집자가 마음의 길 잃지 않고 재미있게 책 만들 수 있었습니다.
마음을 나누고 따뜻함을 전하는, 더 좋은 책 만들겠습니다. 감사합니다.

당근케이크

1판 1쇄 인쇄 2023년 1월 25일
1판 1쇄 발행 2023년 1월 31일

지은이 송월화, 손수천, 이수진, 홍순창, 김보현, 유명은, 이경희

펴낸이 정용철 **편집인** 이경희, 김보현 **디자인** ⓒ단팥빵
제작 제이킴 **마케팅** 김창현 **홍보** 김한나
인쇄 (주)금강인쇄

펴낸곳 도서출판 북산
등록 제2013-000122호
주소 06197 서울시 강남구 역삼로 67길 20, 201호
전화 02-2267-7695 **팩스** 02-558-7695
인스타그램 instagram.com/glmachum **이메일** glmachum@hanmail.net
블로그 blog.naver.com/e_booksan **페이스북** facebook.com/booksan25
홈페이지 www.glmachum.co.kr

ISBN 979-11-85769-69-1 03810

이 도서는 한국출판문화산업진흥원의 '2022 중소출판사 출판콘텐츠 창작 지원 사업'의
일환으로 국민체육진흥기금을 지원받아 제작되었습니다.

도서출판 북산은 독자 분들의 소중한 원고 투고를 기다리고 있습니다.